LOUANGES

« Cela m'a vraiment fait sourire. »
— *Getting Your Read On Reviews*

« Le festival amical est un livre merveilleux et parfait pour
une journée folle ou stressante. »
— *Cafè of Dreams Book Reviews*

« Susan a un don pour les dialogues légers et pour décrire
l'entrain concernant la connexion entre Holly et Dave...
Cherchez à découvrir cette bouchée délicieuse. »
Tifferz Book Reviewz

« Susan Hatler a le chic pour écrire des livres qui
m'entraînent dès la toute première page ! »
— *Books Are Sanity!!!*

« Mme Hatler a une façon d'écrire des dialogues très
spirituels qui vous font rire à haute voix tout au long de ses
histoires. »
— *Night Owl Reviews*

TITRES PAR SUSAN HATLER

Série Rencontre renouvelée

Rencontre à un million de dollars

La double rencontre désastreuse

La rencontre d'à côté

Rencontre à la rescousse

Rencontre à la mode

Il était une rencontre

Rencontre à destination

Série Rencontre à tout prix !

L'amour à la première rencontre

Rencontre ou vérité

Ma dernière rencontre arrangée

Une rencontre à retenir

Rencontre dans les règles de l'art

Permis de rencontre

Une rencontre intéressée

Le projet rencontre

Une rencontre déjà-vue

Une rencontre et sauve-qui-peut

TITRES PAR SUSAN HATLER

Série Idylle à Christmas Mountain
Le compromis de Noël
C'était le baiser avant Noël
Noël au Sugar Plum Inn

Série Rêves du Montana
Le festival amical
Le dîner exquis
La radieuse boutique
La mémorable montagne
Le mariage chaleureux
La joyeuse randonnée
L'adorable surprise

LE PROJET RENCONTRE

SUSAN HATLER

LE PROJET RENCONTRE

SUSAN HATLER

CHAPITRE UN

Cela m'avait pris huit ans pour obtenir un diplôme en études supérieures. Maintenant, à vingt-sept ans, je venais de me rendre compte que j'avais choisi la mauvaise spécialité. Plutôt douloureuse, comme révélation, puisque j'avais une myriade de prêts étudiants qui vidaient mon compte en banque tous les mois.

Mes parents m'avaient assuré qu'un diplôme de commerce me donnerait une plus grande variété d'opportunités. Et ils avaient raison. Sans cela, je n'aurais pas pu travailler pour une meilleure entreprise que Woodward Systems Corporation. Ils m'avaient embauchée comme réceptionniste, donné une promotion au bout de quelques mois, et m'avaient traitée avec tout le respect qu'un manager de bureau pourrait espérer.

Si seulement je ne m'ennuyais pas à mourir.

J'observai mon bureau, que j'avais décoré avec ferveur. Des couleurs vives. Des collages de photos personnelles. J'avais réalisé une peinture moi-même. Décorer mon bureau avait été mon moment préféré au travail. Ce qui n'était pas forcément bon signe pour mon avenir.

Mon regard se posa sur l'aquarelle abstraite encadrée que j'avais peinte dans mon cours d'art du soir. À l'origine, je comptais me spécialiser en art à l'institut d'études supérieures local, ici à Sacramento. Mais mes parents m'avaient dit que ce n'était pas un choix pragmatique et m'avaient encouragée à changer pour un cursus en commerce. Et par « encouragée », je veux dire qu'ils m'avaient harcelée jusqu'à ce que je finisse par abandonner mon rêve et changer de spécialité.

C'était une erreur.

Je posai mon menton sur mon poing, me retournai vers l'écran de mon ordinateur, et ma vue se troubla alors que j'essayai de me concentrer sur la commande de fournitures de bureau que j'avais établie sur internet. Stylos. Agrafes. Papier d'imprimante. Hum hum...

Le téléphone de mon bureau sonna et, traitez-moi de rêveuse, mais je ne pus m'empêcher de me demander si l'univers me faisait un signe. Peut-être que c'était un chasseur de têtes qui recherchait une décoratrice sans diplôme et sans aucune expérience. Ouais, c'était complètement improbable.

Avec un soupir, je collai le combiné à mon oreille. « Allô ?

— Bonjour, c'est bien Ginger au téléphone ? » demanda une voix d'homme.

Des picotements me parcoururent alors que le magnifique visage de Greg Shaffer me vint à l'esprit. Des yeux couleur amande. Des cheveux sable. Et toujours le sourire facile, ce qui me faisait fondre.

J'avais rencontré Greg un mois auparavant dans une boîte de nuit. Lui et moi, ça avait tout de suite marché et l'étincelle entre nous avait été C-H-A-U-D-E. Puis j'avais découvert son métier : médecin urgentiste. Mon père avait été médecin urgentiste, et le stress lié à son travail l'avait transformé en un alcoolique violent. De plus, son métier exigeant ne lui avait laissé aucun temps libre pour être avec ses enfants. Alors, un médecin urgentiste, ce n'était pas pour moi, merci bien.

Par chance, Greg vivait à San Diego, donc je lui avais dit que je n'étais pas fan des relations à distance. Était-il en ville ? Et si oui, comment avait-il trouvé mon numéro de téléphone du bureau ?

« Euh, oui. C'est Ginger. » Mon père aimait deux choses : *L'Île aux naufragés* et le scotch. La série venait en premier, et ma mère trouvait cette addiction si adorable qu'elle avait accepté de m'appeler Ginger, et ma petite sœur Mary Ann. Mais le scotch ? Beaucoup moins adorable. C'était à se demander comment ils étaient encore mariés. « Qui est-ce ?

— Je ne sais pas si tu te rappelles de moi... ? »

Le sourire craquant de Greg illumina mon esprit, me donnant une folle envie d'oublier qu'il voulait une grande famille et que je ne voulais pas de la responsabilité qui allait avec les enfants. J'envisageai de raccrocher...

« C'est Bob Seaver au téléphone. Je travaille avec Jill Parnell aux Bâtisseurs d'amitiés. Tu as proposé tes services de décoratrice pour notre vente aux enchères caritative ce vendredi, tu te rappelles ? »

Bob ? Pas Greg ? Je fermai les yeux en me laissant envahir par un mélange de soulagement et de déception. Ma bonne amie Jill avait récemment lancé les Bâtisseurs d'amitiés – un programme d'aide aux sans-abri qui fournissait de la nourriture, un abri, des conseils, des formations professionnelles, etc. pour les aider à s'en sortir. « Comment ça se passe avec la vente aux enchères ?

— Mieux que ce qu'on aurait pensé. » Sa voix était pleine d'enthousiasme. « C'est la première grosse collecte de fonds des Bâtisseurs d'amitiés, et on a déjà vendu plus de quatre-cents tickets.

— C'est incroyable. » Leur succès ne m'étonnait vraiment pas. Jill Parnell excellait dans tout ce qu'elle faisait. Pas comme moi, qui n'avait pas eu le courage d'étudier ce que je voulais. Pfff.

« C'est définitivement un effort de groupe, et on apprécie vraiment beaucoup ta contribution. » Il marqua une pause. « À propos, je suis en train de préparer une brochure des objets mis en vente et je me demandais si ton entreprise avait un site que tu voudrais voir apparaître sur la brochure. »

Je fronçai les sourcils. « Mon entreprise ?

— Ouais. Le Projet rencontre ? Ici, il est écrit que tu fais don de tes services de décoratrice pour rénover la maison du gagnant. La première visite devra être planifiée avec le gagnant immédiatement. » Sa voix monotone me fit comprendre qu'il était en train de lire la description que Jill lui avait donnée (et qu'elle avait elle-même inventée, d'ailleurs). « Je me suis dit que tu voudrais y mettre ton site web, pour faire de la pub. »

La décoration avait toujours été l'un de mes hobbies et Jill m'avait poussée à offrir mes « services » après un barbecue que j'avais récemment organisé chez moi. Elle s'était exaltée sur la décoration et ne pouvait pas croire que je l'avais faite moi-même. Pour la vente aux enchères, elle avait apparemment nommé mon entreprise inexistante le Projet rencontre. « Euh, je n'ai pas de site internet.

— D'accord. Je voulais juste vérifier. » Il parlait d'une voix traînante, comme s'il était en train d'écrire quelque chose. « Merci encore pour ton don. On se voit vendredi soir.

— Alors, à plus. » Je raccrochai le téléphone et fis des boucles de mes longs cheveux sombres avec mon doigt – des idées plein la tête.

Je fermai les yeux et m'imaginai travailler dans un domaine dans lequel ma créativité serait sollicitée au quotidien. Couleurs et tissus dansaient dans mon esprit. Des projections de peinture sur une toile. Le paradis absolu.

Le téléphone de mon bureau bipa, me sortant de ma joyeuse rêverie éveillée. « Ginger ? »

Je reconnus la voix de Kaitlin immédiatement. Elle était la responsable des ressources humaines de Woodward Systems Corporation, et aussi une bonne amie. Je décrochai le combiné. « Qu'est-ce qu'il se passe ?

— Quelque chose se trame avec Rich Woodward, et il est intransigeant, il veut faire baisser les budgets dans tous les services au plus vite. » Sa voix semblait tendue. « J'ai besoin que tu trouves une équipe de nettoyage plus économique pour l'entreprise. »

Un pli se forma entre mes sourcils. Me mettre à la recherche d'un service de nettoyage plus économique avait l'air aussi stimulant que recharger les cartouches d'encre de mon imprimante. « Pas de problème. Je m'y mets tout de suite.

— Merci », répondit-elle en lâchant un soupir. « Sur un

autre sujet, Paul et moi allons dîner avant la vente aux enchères de Jill vendredi soir, et il a un ami qui est célibataire. T'as envie d'un double rendez-vous ? »

Je clignai des yeux. Rencontrer quelqu'un était le cadet de mes soucis. Malheureusement, mes antécédents avec les hommes étaient au même niveau que mes choix de carrière (donc, déprimants). Mais je ne devrais pas juger l'espèce masculine tout entière en me basant sur Victor. Ou sur Tyler. Ou sur Anthony...

« Ginger ?

— Je suis là. » J'enroulai une mèche de cheveux avec mon doigt. « J'essaie juste de décider si je suis prête à endurer cette souffrance. Je veux dire, sortir avec quelqu'un de nouveau. »

Kaitlin éclata de rire. « Arrête de tout sur-analyser et dis oui. Trenton Davis est très gentil. On réservera pour six heures. À plus.

— Trenton, c'est la capitale du New Jersey », dis-je, mais elle avait déjà raccroché.

Je replaçai le téléphone dans son support, en me demandant à quoi Trenton – le mec, pas la ville – ressemblait, et s'il serait amusant de sortir avec lui. Sans crier gare, des yeux amande apparurent de nouveau dans mon esprit – suivis par un sourire craquant qu'on verrait bien sur une balancelle de jardin. Je secouai la tête, puis pivotai sur ma chaise et cliquai sur ma souris pour ouvrir un moteur de recherche. Même si ce travail ne demandait pas une once de créativité, il payait les factures. Allez, j'avais une mission à accomplir : trouver un service de nettoyage adapté aux petits budgets.

Je n'avais pas de temps à perdre en pensant à une

entreprise de décoration d'intérieur qui n'existait pas, ou à un mec que j'avais rencontré en boîte un mois auparavant. Il me fallait oublier cette utopie d'une carrière excitante, et oublier Greg Shaffer. Par chance, il était loin de moi, à San Diego. Ce n'était pas comme si je le reverrais un jour.

* * *

Je balançai mes bras alors que je faisais mon jogging le long du trottoir, hypnotisée par les couleurs rouges atténuées du dernier rayon de soleil. Les lumières des lampadaires s'allumèrent, illuminant mon chemin. Mon esprit s'était vidé trois kilomètres plus tôt et tout ce que je ressentais, c'était le rythme apaisant de mes pas sur le sol alors que j'inspirais et expirais l'air chaud de la soirée.

Courir était mon échappatoire.

Le complexe d'immeubles où je vivais apparut au loin et je ralentis mon rythme jusqu'à la marche. La transpiration coulait sur mes tempes et derrière mes oreilles. J'essuyai mon front du dos de la main alors que je me rapprochais du panneau « à vendre » de l'appartement de mon voisin du dessus – un énorme panneau « vendu » pendait maintenant sous l'annonce de l'agent immobilier. Intéressant...

La façon de piétiner du jeune homme qui louait l'appartement du dessus donnait l'impression que c'était un troupeau de bétail qui y vivait. Il organisait aussi de nombreuses fêtes bruyantes, trop bruyantes pour coller à mon style de vie tranquille. En apprenant que l'appartement devait être vendu rapidement, j'avais prié mes amies de demander à l'univers de me donner un voisin silencieux. Hé, ça ne pouvait pas faire de mal.

Je sortis de la pochette de ma chaussure la clé de mon appartement de location et l'insérai dans la serrure, qui ne cliqua pas quand je la tournai. Cela me fit comprendre que mon irresponsable de sœur – qui était aussi ma colocataire – était arrivée à la maison avant moi. Vingt-six ans, et on ne pouvait pas lui confier la responsabilité de fermer notre porte d'entrée. « Mary Ann ? »

Malheureusement, le rythme effréné que crachaient les haut-parleurs de notre salon noyèrent ma voix alors que je rentrais et me débarrassais de mes chaussures de course d'un coup de pied. Mary Ann avait mis une chaîne de musique sur la télé. Le son trop fort résonnait dans ma tête, et je fronçai les sourcils. Oublié, le sentiment de bien-être d'après jogging. J'éteignis la télé et embrassai le silence avec bonheur.

« Hé ! » Mary Ann sortit de sa chambre en portant un T-shirt noir à qui, à mon avis, il manquait quelques centimètres. Elle agita le mascara qu'elle tenait en main. « J ´étais en train d'écouter. »

Je déboulai dans la cuisine, ouvris le placard, et attrapai un verre. « L'immeuble entier n'a pas envie d'écouter Lady Gaga à neuf heures du soir. On vient à peine de se débarrasser du bruyant du dessus. »

Elle ouvrit grand les bras et émit un son exaspéré. « Je sors ce soir, et c'est ma musique pour me préparer.

— Et bien, tu n'as pas à le faire savoir avec ce volume à réveiller les morts. Pense un peu à tes voisins, la loucheuse. » Mary Ann avait été surnommée « la loucheuse » à cinq ans, en hommage à son habitude de loucher en boudant, ce qu'elle faisait dès que les choses ne tournaient pas en sa faveur. Si je devais essayer de reproduire cette jolie moue, je suis plutôt sûre que je ferais peur aux gens. Je pressai mon verre contre la fontaine à eau du réfrigérateur. « En parlant de voisins… Tu as remarqué le panneau vendu pour l'appartement du dessus ? »

Son visage boudeur s'illumina immédiatement. « Il a déjà emménagé. Je l'ai regardé transporter des cartons toute la journée, et il a des bras qui donnent un tout nouveau sens au mot musclé. Miam miam. »

Je lui jetai un regard de réprimande, puis posai mon verre dans le lave-vaisselle. « Je suis sûre que qui qu'il soit a un cerveau, tu sais. » Et espérons-le, la décence de marcher doucement, pour que je n'aie pas à entendre ses bruits de pas marteler mon plafond à toute heure du jour et de la nuit.

Elle roula des yeux, puis trottina après moi alors que je me dirigeais vers ma chambre. « Tout ce que je dis, c'est que si je n'avais pas déjà un rendez-vous ce soir, je courrais jusqu'à son étage pour lui emprunter une tasse de sucre – si tu vois ce que je veux dire.

— J'ai bien peur de comprendre. » Je me retournai pour regarder ma petite sœur, dont les yeux dansaient d'excitation. Mary Ann portait un débardeur rose à paillettes qui montrait le ventre et qui complimentait son petit visage et ses cheveux blond miel. Mon cœur se réchauffa. Elle et moi, nous étions comme le jour et la nuit. Je donnerais tout pour être la petite sœur adorable et insouciante, au lieu d'être la grande sœur stricte et responsable. Je relevai le menton. « À vrai dire, moi aussi j'ai rendez-vous. »

Elle eut l'air surprise, puis plaça sa main sur sa hanche. « Avec qui ? »

Je haussai les épaules, puis me dirigeai vers ma salle de bain personnelle. « Le fiancé de Kaitlin a un ami, alors ils m'ont arrangé le coup. »

Elle s'appuya contre le chambranle de la porte, me fixant d'un œil critique. « Hum-hum. »

Même si j'avais désespérément besoin d'une douche, son ton me coupa net dans mon élan. Je croisai les bras, me retournai pour lui faire face, et fronçai les sourcils. « Quoi ?

— Rien. » Elle fronça aussi les sourcils, puis leva les mains. « C'est juste que... Tu dois être plus difficile avec les hommes, pour ne pas te faire briser le cœur encore une fois. »

Ma mâchoire en tomba. « Tu veux dire comme ce qu'il t'est arrivé avec ton dernier petit ami ? »

Elle sembla insultée. « Grif n'a *jamais* été mon petit ami. Il était juste... Une saveur du moment. »

Je me baissai et enlevai une chaussette pleine de transpiration. « C'est sympa de décrire ton ex comme un cône de glace.

— Tu ne peux pas transformer un homme en quelqu'un qu'il n'est pas. » Elle haussa les épaules. « Si un mec ne me rend pas heureuse, c'est fini. Je ne les laisse pas me marcher dessus, pas comme certaines personnes. Hum-hum, Victor.

— Mais j'ai bien fini par rompre avec Victor, non ? » Je retirai l'autre chaussette puante et l'envoyai dans sa direction.

Elle évita la boule puante, en fronçant le nez. « Calme-toi. J'essaie juste de t'aider.

— Je sais. » Je soupirai, m'appuyant contre le comptoir, puis me massai le front avec la paume de ma main. « Tu as raison. Je ne voulais pas lâcher l'affaire avec lui. »

Tout comme je ne voulais pas lâcher l'affaire avec mon père. Il m'avait promis d'aller en cure des millions de fois, mais n'avait jamais tenu parole. En relevant les yeux, je rencontrai le regard de ma sœur, et nous échangeâmes un regard de connivence que je sentis jusqu'au fond de mes tripes.

« Tu ne peux pas changer une personne si elle n'en a pas envie », dit-elle d'un ton inhabituellement sobre. Après une longue pause, elle ôta enfin sa hanche du chambranle. « La vie est courte. Tu dois implémenter une politique de rencontre à la un-faux-pas-et-tu-dégages. C'est tout ce que je dis.

— Peut-être que Trenton ne fera pas de faux pas. Peut-être même que ce sera le rendez-vous parfait, dis-je en levant un sourcil. T'as déjà pensé à ça ?

— Trenton, c'est pas la capitale du New Jersey ? » Elle rit, puis partit en roulant des hanches dans sa mini-jupe noire.

« Ferme la porte d'entrée quand tu pars ! » Je fermai la porte de la salle de bain, m'y appuyai, puis ricanai. Mary Ann était vraiment un clown.

Elle avait raison à propos des hommes, par contre. Je devais accepter qu'aucun homme ne changerait s'il n'en avait pas envie. Oui, exactement. Alors, j'appliquerai sa politique du un-faux-pas-et-tu-dégages. En commençant avec Trenton dès vendredi soir.

* * *

Après mon double rendez-vous du vendredi soir, je descendais le hall en marbre de l'hôtel Geoffries, en écoutant Paul et Trenton débattre à propos de la valeur des actions à découvert – quel ennui. J'avais encore du mal à croire que le fiancé de Kaitlin était Paul Geoffries, propriétaire de la grande chaîne d'hôtels Geoffries, aussi chic que le Ritz. Il avait prêté la salle de réception pour la vente aux enchères des Bâtisseurs d'amitiés ce soir. N'était-ce pas super généreux ? Je croisais les doigts pour que son ami s'avère tout aussi adorable.

Quand nous entrâmes tous les quatre dans la grande salle de réception, nous fûmes accueillis avec de la musique entraînante sortant des haut-parleurs géants qui entouraient la table de mixage du DJ, qui était installée à côté de la scène en bois, de l'autre côté de la salle. Je jetai un œil à ce qui m'entourait. Des nappes blanches et dorées, un chandelier de cristal brillant au-dessus de nous, et de longues tables placées contre le mur pour l'encan silencieux.

Mon estomac se noua alors que j'ajustais le haut de ma robe bustier verte émeraude. Je pris Kaitlin par le bras. « Et si personne ne fait d'offre sur mon enchère ? Je n'arrive pas à croire que j'ai laissé Jill me convaincre d'offrir mes services alors que je n'ai aucune qualification. »

Elle se tourna vers moi, écarquillant les yeux alors qu'elle passait ses cheveux roux et soyeux par-dessus son épaule. « Tu es une décoratrice incroyable. Je suis bien placée pour le savoir, vu que tu m'as aidée pendant tout mon réagencement.

— Mais je n'ai aucune formation professionnelle et Jill commence les enchères à cinq-cents dollars. » Je frôlai une femme qui portait une longue robe violette et qui me sembla familière, j'étais presque sûre de l'avoir déjà vue à la télé. Une présentatrice du journal peut-être ? Tous les habitants de Sacramento semblaient être venus à cet événement. Impressionnant.

« Tu t'inquiètes trop, Ginger. » Elle pressa mon bras, puis se pencha vers moi alors que nous marchions derrière les garçons qui se dirigeaient vers notre table VIP. « Alors, qu'est-ce que tu penses de Trenton ? J'ai passé le repas à mourir d'envie de te demander. »

Je jetai un œil à mon cavalier, qui parlait plus loin avec Paul. Trenton ressemblait à un bel étudiant avec ses lunettes sans monture qui mettaient en valeur son air intelligent. Il portait un costume qui était de toute évidence coûteux, avait des manières impeccables, et n'avait pas fait le moindre faux pas jusque là. « Il est... Sympa.

— Sympa ? C'est ce que tu as de mieux à dire ? » Elle semblait incrédule. « Trenton est dans le top dix des célibataires les plus désirables de Sacramento du dernier numéro de *Sacramento Living*. »

Je haussai un sourcil. « Ouais, mais à quelle position ? »

Kaitlin éclata de rire en écoutant ma blague.

Paul s'arrêta à notre table, se retourna, puis glissa son bras autour d'elle. « Qu'est-ce que j'ai raté ?

— Rien », coupai-je, en secouant la tête. Et voilà, j'avais un rendez-vous avec M. Top-dix et le seul mot que je pouvais utiliser pour le décrire était « sympa ». Qu'est-ce qui n'allait pas chez moi ? « Excusez-moi, je vais aller chercher un verre.

— Je viens avec toi. » Trenton me rattrapa et ensemble nous allâmes jusqu'au bar où il nous commanda un verre de vin chacun. Puis il parcourut du regard la mer de gens dans la pièce. « Elle a l'air d'avoir du succès, cette collecte de fonds. Paul m'a dit que tu avais fait un don pour l'encan silencieux ?

— Oh, oui... » Mes joues rougirent. « Mes services de décoratrice d'intérieur. Mais j'ai pas de formation ou quoi que ce soit, par contre.

— Certaines des personnes qui ont le plus de succès dans ce monde n'ont même pas de diplôme universitaire. » Il ajusta ses lunettes sur son nez. « Où est ta fiche d'enchère ? Mon bureau aurait bien besoin d'un coup de neuf. Du moins, c'est ce que mon ex n'arrêtait pas de me dire. »

Un silence gênant suivit, alors je bus une gorgée de vin. Est-ce qu'il venait vraiment de mettre son ex sur le tapis à notre premier rendez-vous ? Est-ce que ça ne devrait pas compter comme un faux pas, ça ? Où était l'arbitre quand j'en avais besoin ?

En décidant que ç'avait dû être un commentaire innocent, je lui demandai : « Quand est-ce que vous avez rompu ? »

Il toucha mon épaule nue. « Il y a des mois. C'est du passé. Crois-moi. »

Sa main contre ma peau me gêna et je me surpris à penser que j'aurais mieux fait de porter une robe avec des manches. De plus, il me regardait d'une manière si perçante que quelque chose me poussa à demander : « Pourquoi avez-vous rompu ?

— Ça faisait quelques années qu'on était ensemble et elle était prête à se caser et à fonder une famille. » Il posa une main sur sa poitrine, au-dessus de sa cravate de soie. « Rochelle est une femme adorable, mais je n'ai que trente-deux ans. Mon entreprise vient à peine de démarrer. Là, ce n'est pas le moment de se concentrer sur la famille. De plus, elle est mannequin et vient à peine de sortir son propre parfum : Juste Rochelle. Un enfant, ça tuerait sa carrière dans l'œuf. »

Qu'est-ce que… ? Son ex était *Rochelle Richards* ?

« Je suis désolée que ça n'ait pas fonctionné », compatis-je en essayant de ne pas flipper face à l'annonce que son ex était mannequin. Vraiment, quand mes amis essaient de me prendre en photo, ils doivent s'y reprendre à cinq fois pour en avoir une où j'ai les yeux ouverts. C'est la triste vérité.

« C'est du passé », répéta Trenton, puis il passa son bras autour de moi. « Allons jeter un œil à ta fiche d'enchère pour que je puisse faire une offre. La seule chose que je dirai, c'est que Rochelle avait un goût impeccable en déco-ration d'intérieur. »

Je respirai profondément, me sentant soudainement mal pour Rochelle. N'aurait-il pas dû clarifier les choses au sujet des enfants avant qu'elle ne perde deux ans avec lui ? C'est la raison pour laquelle je n'avais pas donné suite avec Greg. Ce n'est pas bien de mener quelqu'un en bateau…

Argh ! Là, ce n'était *pas* le moment de repenser à Greg Shaffer. Hé-ho ? J'avais un rendez-vous avec M. Top-dix.

Je montrai les tables de la main. « Ma donation, c'est le numéro cent quatre-vingt-trois. C'est sûrement dans cette zone-là. »

Sa bouche forma un sourire sexy. « Allons vérifier ça.

— D'accord. » La peur me contracta le ventre. Et si personne ne faisait d'offre sur l'enchère ? Et si tout le monde détestait les photos « avant » et « après » de mon salon ? Et bien, qu'ils aillent se faire voir, parce que moi, je l'adorais. Mais je ne voulais pas laisser tomber Jill et tous les gens qu'elle essayait d'aider. De plus, l'art, c'était comme une thérapie pour moi. Et si le rejet sapait ma créativité et...

« Déjà trois offres. » Trenton passa son doigt sur la fiche d'enchère, puis s'arrêta en bas où il inscrivit son offre. « Allez, ça en fera quatre.

— Ohlala... » Je regardai vers la fiche d'enchère pour m'assurer qu'il avait lu correctement. « Tu as parié mille dollars.

Il reposa le stylo. « C'est pour la bonne cause et il y a une clause de rétractation, pas vrai ?

— Tout à fait », dis-je, m'émerveillant du fait que mes services donneraient aux Bâtisseurs d'amitiés mille dollars. Super.

Soudain, les paroles de la chanson *Good Life* des One Republic retentirent des haut-parleurs. Des lumières dansaient sur le parquet boisé alors que Jill Parnell, directrice de programme des Bâtisseurs d'amitiés, monta sur scène en tenant un micro dans sa main. *This could really be a good life, good life.*

Trenton et moi nous pressâmes pour retourner à notre table, qui était juste à côté de la scène, puis des applaudissements retentirent dans la pièce.

« Merci d'être venus ce soir. Pour tout votre soutien... » commença Jill, puis elle raconta brièvement l'histoire des Bâtisseurs d'amitiés et une anecdote émouvante sur la femme qu'ils aidaient, Beth, qu'elle avait rencontré deux mois auparavant, et qui s'était retrouvée à la rue après avoir quitté son mari violent.

Des larmes coulèrent de mes yeux et je plaçai une main

sur ma poitrine, si honorée de faire partie de cet événement. À côté de la scène, je repérai le petit ami de Jill, Ryan Shaw, qui regardait Jill avec un air de fierté. Puis mon regard se dirigea sur l'homme debout près de Ryan...

Mon souffle resta bloqué dans ma gorge et j'agrippai la table alors que je tombai sur ma chaise. Des cheveux sable. Une large poitrine. Et des yeux amande qui me faisaient penser à une chaude nuit d'été. Greg Shaffer.

Son regard rencontra le mien et le soutint. Il sourit et une vague de chaleur m'envahit. Gloups.

CHAPITRE DEUX

« Tu arrives à croire qu'Ellen accouche dans six semaines ? » Kaitlin entrelaça son bras au mien alors que nous déambulions à travers les tables de l'encan silencieux pour que je puisse vérifier ma fiche de dons et qu'elle mette ses offres finales sur la journée au spa sur laquelle elle louchait. « Tu vas aller à sa *baby shower*, n'est-ce pas ? Dimanche prochain ?

— Je ne raterais ça pour rien au monde. » Je jetai un regard à notre amie et collègue de travail – oui, nous travaillions dans l'un de *ces* bureaux où (presque) tout le monde s'aimait et se connaissait – dont le ventre rebondissait contre son mari alors qu'ils dansaient un slow sur le tube des années 80, *Reunited*, par Peaches and Herb. Belle coïncidence, parce que c'était la même chanson sur laquelle Greg et moi avions dansé le mois dernier, juste pour vous prouver à quel point j'avais de la chance ce soir.

« Ginger... Tout va bien ?

— Pas tout à fait. » Ç'avait été assez dur comme ça d'essayer d'oublier Greg quand il était à San Diego. Maintenant que je savais qu'il était dans la même pièce que moi, c'était comme s'il était gravé dans ma chair. « Tu peux garder un secret ?

— Absolument. » Elle traça une croix sur son cœur avec son index, puis se rapprocha de moi. « Accouche. »

Je pris une grande respiration, ayant besoin de me confier à mon amie avant de perdre la boule. « Il y a ce mec...

— Évidemment qu'il y a un mec. » Elle me regarda l'air de dire « je le savais ». « Pas de problème avec Trenton, j'espère ? »

Je secouai la tête. « Non.

— Bien. » Elle marqua une pause pour parcourir une liste d'offres avec son doigt, puis enchaîna. « Je vous vois trop bien ensemble tous les deux. Il est intelligent et sexy. Tu es exubérante et adorable. C'est une combinaison parfaite.

— J'ai plutôt l'impression qu'il n'a pas oublié son ex petite amie », rétorquai-je, en pensant que n'importe quel arbitre compétent aurait qualifié les commentaires répétés de Trenton sur son ex de faux pas. Mais peut-être étais-je trop critique.

« Selon Paul, ils en ont complètement fini. » Kaitlin s'arrêta pour inspecter une autre journée au spa à mi-chemin des tables, fit une offre plus élevée, puis dirigea de nouveau son attention sur moi. « Est-ce que c'est à cause de Victor ? Tu es beaucoup trop bien pour lui, Ginger. Il t'a laissée tomber tellement de fois. Ça me faisait souffrir physiquement de te voir lui donner toutes ces chances. Tu mérites beaucoup mieux.

— Argh. Pourquoi est-ce que tout le monde parle

encore de Victor ? » Je regardai de nouveau la fiche d'enchère, en pensant que me détendre pendant une journée au spa me ferait vraiment du bien. Mais j'avais tellement utilisé ma carte de crédit ces derniers temps qu'elle aurait pu fondre. Pfff. Ahhh, la journée au spa était le numéro cent-quatre-vingts, donc ma fiche d'enchère devait être juste après. « C'est pas lui mon problème, c'est... »

Après avoir lorgné la description de la journée au spa, je me mis à flâner et entrai en collision avec une poitrine large – et musclée. Des mains chaudes agrippèrent mes coudes. « Vous allez bien ? » me demanda une voix d'homme.

Des frissons vibrèrent en moi quand j'entendis cette voix familière. En me mordant la lèvre, je relevai mon regard. Des yeux amande confirmèrent que j'étais tombée sur Greg, qui me regardait d'une manière qui fit faire des bonds successifs à mon ventre. « S-Salut », bégayai-je.

Classe, Ginger. Très classe.

Sa bouche forma un sourire « Salut, toi-même.

— Ginger, je... » Kaitlin fit une pause au milieu d'une phrase, son regard voguant de moi à Greg puis de nouveau vers moi. « Je, euh, je vais juste vérifier ma dernière enchère. Ouais, je vais faire ça... »

Je la suppliai du regard de ne pas me laisser, mais elle avait clairement raté le cours de langue des yeux, parce qu'elle leva son pouce en l'air avant de s'éclipser.

Euh, quoi ? C'était un geste complètement inapproprié, j'avais quand même rendez-vous avec son ami avec lequel *elle* m'avait arrangé un coup. Arf. En prenant une grande respiration, je me retournai vers Greg et implorai les papillons dans mon ventre de se calmer.

Je n'eus pas cette chance.

« Tu es en ville pour le week-end ? » demandai-je, alors que chaque once de mon être ressentait la chaleur de sa peau là où il me tenait encore le bras.

Avec une légère pression, il me relâcha alors qu'une femme se glissait entre lui et la table pour gribouiller sur une fiche d'enchère. Greg vérifia le papier sur lequel elle avait écrit, puis se retourna vers moi. « À vrai dire, je suis en ville définitivement. On m'a offert un poste à l'hôpital où j'ai passé un entretien le mois dernier – le jour où on s'est rencontrés. Je viens d'acheter mon propre appartement. »

En. Ville. Définitivement. Youpi !

Je déglutis. « Félicitations.

— Merci. » Il regarda par-dessus mon épaule. « Tu es ici avec ton petit ami ?

— Moi ? » Je suivis son regard et vit Trenton assis à côté de Paul. Ils avaient l'air d'être en pleine conversation – sûrement à propos d'actions ou un autre sujet financier tout aussi soporifique. Quel ennui. « Trenton n'est pas mon petit ami. C'est un rendez-vous à l'aveugle.

— Comment ça se passe ? »

J'enroulai mes longs cheveux autour de mon doigt. « Comme la plupart des premiers rendez-vous. Gênant. »

Sauf que rien n'avait été gênant avec Greg, la nuit où nous nous étions rencontrés. Il était venu en boîte avec Ryan et, après avoir dansé ensemble toute la nuit, Greg et moi étions allés dans un snack pour passer plus de temps ensemble... Et puis j'avais découvert qu'il était médecin urgentiste, tout comme mon père. Soudain, des souvenirs douloureux de mon enfance envahirent mon esprit. L'alcoolisme de papa. Mes parents se disputant. Moi, qui devais fuir la nuit juste pour échapper au chaos...

« Ginger ? Tout va bien ? »

Mon regard bascula dans celui de Greg, et son expression inquiète m'oppressa la poitrine. « Je vais bien. Je devrais probablement retourner à ma table, par contre. »

Ses yeux cherchèrent les miens, comme s'il essayait de voir au fond de mon âme. « Si c'est ce dont tu as besoin. »

Ce dont j'avais besoin, c'était de m'éloigner de lui. La douleur que j'avais ressentie après notre dernier au-revoir avait augmenté de manière exponentielle maintenant que je l'avais revu. Nous avions une alchimie incroyable. Je nous imaginais bien sortir ensemble. Peut-être même plus que sortir ensemble. Mais je ne voulais pas d'un futur avec un médecin urgentiste super-stressé, qui travaillait trop, et dont le rêve était une maison pleine d'enfants qu'il ne verrait que rarement. Et je n'étais pas le genre de fille à se jeter à corps perdu dans des aventures juste pour s'amuser. Même si une partie de moi me priait de reconsidérer ma position sur ce point...

« Eh bien, c'était sympa de te revoir. » Je me forçai à sourire, puis effleurai compulsivement son bras. Une très mauvaise idée, car la sensation de ses muscles sous ma main fit bondir mon estomac de nouveau.

« Pour moi aussi. » Sa mâchoire se contracta et une légère ligne se plia entre ses sourcils alors que je me retournai et partis.

J'allai me cacher à ma table avec mon cavalier pendant le reste de la soirée. Trenton réussit même à tenir une conversation qui n'avait rien à voir avec sa fabuleuse ex.

Malheureusement, elle avait tout à voir avec le marché boursier, ce qui transforma magiquement mes paupières en plomb. En m'échappant de l'événement tôt, j'arrivai par chance à éviter de tomber de nouveau sur Greg. Le seul côté négatif était que je n'étais pas restée assez longtemps pour voir qui avait gagné mon enchère.

* * *

« J'ai besoin de dix couches. » Rachel accéléra dans le rayon du magasin, laissant Kaitlin et moi nous presser derrière elle. Nous étions en pause déjeuner depuis un quart d'heure et avions encore beaucoup de shopping à faire pour la *baby shower* d'Ellen.

« Dis-moi si j'ai bien tout compris. » Je poussai le caddie vers l'avant, puis sautai sur la barre au-dessus des roulettes et rattrapai rapidement Rach. « Tu vas réchauffer dix barres chocolatées dans dix couches puis nous les faire manger et nous faire deviner sur laquelle on est tombées ? Mais, les couches ne sont-elles pas inflammables ? »

Rach s'arrêta net, et écarquilla les yeux. « Tu crois ? Je détesterais ruiner le micro-ondes d'Ellen pendant sa *baby shower*. Ça mettrait une sale ambiance. »

Kaitlin attrapa un paquet de couches du rayonnage et le plaça dans le caddie. « Tu n'as qu'à réchauffer les barres chocolatées sur une assiette en premier, puis les glisser dans les couches. Problème résolu. »

L'image du chocolat noir fondu au centre d'une couche laissa une image perturbante dans mon esprit. « C'est vraiment dégoûtant.

— C'est censé être mignon. » Pendant un moment, Rach sembla paniquée, puis elle désigna d'un geste le papier qu'elle tenait dans sa main. « Peu importe. Ellen a réclamé ce jeu et tu sais dans quel état elle se mettra si on le vire de sa liste. On doit le faire. »

Notre amie Ellen Holbrook donnait un nouveau sens au terme de personnalité de type A. Elle était super-organisée, méticuleuse et paniquait si ses plans ne se déroulaient pas comme prévus. Si nous voulions que la future maman reste de bonne humeur, ne pas respecter sa liste à la lettre était une très mauvaise décision.

Je ricanai. « Bon, on dirait qu'on va toutes manger du faux caca.

— On peut pas juste le renifler ? » Kaitlin fronça le nez. « Pensez que ça va bientôt nous arriver, les filles. Des vraies couches pleines de caca. Beurk. »

Rach parcourut sa liste. « Je ne suis pas super excitée à cette idée.

— Je n'aurai pas d'enfants. » Une vague inattendue de tristesse m'inonda alors que je faisais cette déclaration à voix haute. « De toute façon, c'est pas comme si j'avais quel-qu'un avec qui me reproduire en ce moment. »

Des yeux amande chaleureux me vinrent à l'esprit. Les coins de ses yeux se plissant alors que sa bouche se relevait en un sourire, comme s'il était heureux de me voir...

Rachel releva rapidement la tête. « Tu ne veux pas d'en-fants ? Jamais ? »

Je secouai la tête, chassant mes pensées à propos de Greg. « L'idée me terrifie. » J'attrapai la liste de la main de Rach. « Le prochain sur la liste, c'est cinquante rouleaux de papier toilette.

— Ah, le jeu des couches. » Kaitlin prit ma place pour pousser le caddie alors que nous accélérions vers la bonne allée. « Ce jeu-là ne nécessite pas l'usage d'un micro-ondes, alors on est à l'abri. »

Je ris, mais m'arrêtai net en voyant le regard que Rach me lançait. « Quoi ? »

Elle secoua la tête. « Désolée, c'est juste que je te voyais tellement avoir des enfants. Ce ne sont pas mes affaires. »

— Comment ça, c'est pas tes affaires ? » Kaitlin tourna vers la droite, puis commença à lancer des paquets de papier toilette dans le caddie. « On est toutes amies. Si on peut pas être sincères, alors quel est l'intérêt ? »

Je refrénai un sourire. Il n'y a pas si longtemps, nous avions eu du mal à faire en sorte que Kaitlin exprime ses pensées. Elle avait été élevée pour incarner une vie aussi ordonnée et parfaite que possible, même pendant les moments où rien n'allait. Un peu comme la mienne en ce moment, avec Greg-dans-la-tête et l'ennuyeux métier que j'avais choisi. Oh, quel bonheur.

« C'est totalement normal de flipper en pensant à faire venir un enfant au monde. » Kaitlin lança le dernier paquet dans le caddie puis plaça une main sur sa poitrine. « La seule pensée que je pourrais me transformer en ma propre mère était assez effrayante pour me donner envie de rester célibataire. Mais j'ai vraiment envie de fonder une famille avec Paul. Un jour. »

Ma gorge se noua.

Kaitlin me poussa avec son coude. « J'ai entendu dire que tu avais un second rendez-vous avec Trenton. Tu n'aurais pas envie de procréer avec l'un des célibataires les plus désirables de Sacramento, un de ces jours ?

— Pas même un petit peu », dis-je en toute honnêteté. Sincèrement, j'étais encore en train de débattre si oui ou non Trenton avait fait un faux pas, et j'avais été trop chochotte pour l'appeler. « Il est trop axé sur son travail à mon goût. »

Pendant un moment, Kaitlin sembla pensive. « Alors, qu'est-ce que *tu* cherches chez un mec ?

— Quelqu'un qui a du temps pour moi », dis-je immédiatement. Mon père n'avait jamais de temps pour moi. Il avait été trop occupé à travailler et à boire. « Le bon mec devrait définitivement choisir de mener une vie saine. Il serait financièrement responsable, mais saurait aussi avoir son propre équilibre et s'amuser. »

Mes deux amies arrêtèrent de marcher, et dirigèrent toute leur attention sur moi.

Je haussai une épaule. « Mon homme idéal serait là pour moi, tout comme je serais là pour lui. Si un tel homme existe... »

Les yeux de Rach se firent rêveurs. « C'est ce que je me demandais tout le temps avant de tomber sur Noah. Ne t'inquiète pas. Il est là, quelque part, et tu vas finir par le trouver. Peut-être que c'est juste une question de *timing*.

— Ou peut-être que ton mec parfait c'est Trenton, et il ne t'a pas encore montré son côté amusant. » Le ton de Kaitlin était excessivement optimiste. « Ça m'a pris un bon moment avant de réaliser que Paul était fait pour moi.

— Oui, je m'en rappelle. » Je ris, repensant à quand j'avais proposé de peindre l'intérieur de la maison de Kaitlin si elle commençait à sortir avec des hommes de nouveau. Peut-être que j'avais seulement besoin de continuer à essayer, même quand c'était gênant. J'étais donc contente d'avoir accepté un deuxième rendez-vous avec Trenton. « Qu'est-ce qui suit sur la liste, Rach ?

— Des épingles à nourrice et du ruban bleu, puis on est libres. » Elle nous jeta un regard triste. « Enfin, jusqu'à ce qu'Ellen rajoute des choses sur la liste. »

Kaitlin et moi ricanèrent.

Rachel et Ellen étaient meilleures amies depuis des années et leur relation me rappelait celle d'un vieux couple marié. Des hauts et des bas et tout le tralala, mais on aurait vraiment dit une seconde famille. Vous voyez ? Ce n'est pas comme s'il me fallait vraiment des enfants à moi. Je pouvais adorer les bouts de chou de mes amies et ce serait comme s'ils faisaient partie de ma famille. Je pouvais très bien être Tatie Ginger et les gâter au maximum.

Vraiment, il était inutile de perdre du temps à penser à avoir mes propres enfants. Des fois, j'avais l'impression d'avoir déjà un enfant, à force de prendre soin de ma sœur tout le temps. J'allais même devoir payer une fois de plus sa moitié du loyer ce mois-ci, parce qu'elle avait dépensé tout son argent pendant un voyage entre filles sur la côte. Non, avoir un bébé serait beaucoup trop de responsabilités pour moi. C'était déjà assez dur d'essayer de prendre ma vie en main.

Soudain, des yeux amande me vinrent à l'esprit, me remplissant d'une chaleur apaisante, comme quand je courais le long du fleuve. À vrai dire, les picotements qui me parcouraient étaient encore plus agréables, comme si mon avenir était riche de possibilités infinies.

Argh. Pourquoi devais-je être attirée par le seul mec avec qui ça ne marcherait jamais ? Mon esprit masochiste avait besoin de passer à autre chose.

Rester éloignée de Greg serait compliqué, maintenant qu'il vivait à Sacramento. Il allait de toute évidence passer du temps avec le petit ami de Jill, Ryan, mais je me contenterais d'éviter d'aller à n'importe quel événement où Greg pourrait être invité. Super facile.

* * *

Lundi soir, je me mettais en route pour mon jogging au coucher du soleil. D'habitude, je suivais toujours le même chemin mais, après la journée que j'avais passée, j'avais besoin de quelques kilomètres de plus pour me vider la tête. Aujourd'hui, au travail, Rich Woodward avait décrété qu'à chaque fois que des employés viendraient à mon bureau pour faire du stock sur les fournitures de bureau, ils devraient remplir de la paperasse en ma présence. En trois exemplaires. Sérieusement ?

C'était comme si on était au lycée et que j'avais été élue gardienne des stylos et des crayons. Comme si mon choix de carrière n'était pas assez déprimant avant ce nouveau rebondissement. En plus de tout ça, j'avais fait l'erreur de me plaindre auprès de ma mère alors que nous parlions au téléphone. Elle avait maintenu avec beaucoup de vigueur que les responsabilités équivalaient à une meilleure sécurité de l'emploi. Elle ne comprenait *rien* à ce que j'essayais de lui dire. Ni à moi, d'ailleurs.

Je veux dire, la sécurité de l'emploi, c'était super et très pratique mais, dans mon cas, ça me donnait plutôt envie de m'endormir sur mon bureau. C'était la triste vérité. Je me fis une note mentale pour me coucher plus tôt ce soir et éviter que ça ne se reproduise.

Je balançai mes bras plus vite et mes pieds suivirent en rythme jusqu'à ce que des couleurs brillantes s'étendent à travers mon esprit. Orange vibrant. Marron amande. Des éclaboussures de jaune vif. Mes pensées dansaient alors que j'imaginais mon pinceau balayer une toile vierge, remplissant l'espace vide d'un monde d'espoir.

Avant même que je ne m'en rende compte, ma résidence apparut, alors je ralentis le pas pour marcher. En essuyant mon front mouillé du dos de la main, des couleurs continuaient à danser dans mon esprit, et j'étais impatiente de concrétiser ces pensées heureuses sur mon chevalet.

Je sortis ma clé, qui tourna facilement dans la serrure, ce qui me dit que j'avais gaspillé ma salive en faisant la leçon à ma sœur sur la sécurité. Avec de la sueur roulant le long des tempes, j'ouvris la porte, et fit irruption. « Mary Ann ? Combien de fois vais-je devoir... »

Ma bouche se figea quand je repérai le dos d'un homme très musclé, debout sur une échelle au milieu de notre salon. Il portait un short kaki qui épousait parfaitement la forme de son incroyable derrière alors qu'il descendait doucement les barreaux.

Mary Ann tint un côté de l'échelle, le regarda descendre, puis se tourna vers moi avec un sourire pervers. « Je te présente notre nouveau voisin du haut, qui a été assez gentil pour nous changer une ampoule. »

De la transpiration tomba de ma mâchoire et sous mon menton alors que je plissai les yeux. Les ampoules de notre salon allaient parfaitement bien ce matin. Il était donc évident qu'une ampoule avait été sacrifiée dans le plan tordu de ma sœur pour donner un complexe du héros à notre voisin qui ne se doutait de rien, en s'accordant le rôle de la damoiselle en détresse. Argh.

Par contre, elle *avait* eu raison en jugeant les bras musclés de notre voisin quand elle l'avait maté pendant son déménagement l'autre jour. Je lui donnerais une super bonne note pour ce devoir-là. J'en eus des frissons. Ces muscles me donnaient envie de glisser mes mains dessus et de...

L'homme s'était retourné, il était maintenant face à moi.

« Salut, Ginger. » Des yeux amande pétillaient d'amusement. « Ou devrais-je dire, " Bonjour, voisine " ?

— Tu... Il... Comment... ? » Je n'arrivai à rien dire d'intelligible. Clairement, mon cerveau faisait une overdose d'adrénaline à cause de ma course, parce qu'il semblait bien que Greg Shaffer était debout devant moi, dans mon salon, et qu'il venait juste de confirmer qu'il était mon nouveau voisin. « Dites-moi que je vais me réveiller. »

Il me fit un clin d'œil. « Moi aussi, je suis content de te voir. »

Mary Ann posa ses mains sur ses hanches et sa bouche se transforma en sa moue notoire. « Vous vous connaissez, tous les deux ?

— Pas aussi bien que je le voudrais. » Il jeta son tournevis en l'air, le rattrapa facilement, puis se retourna vers Mary Ann. « J'ai proposé à ta sœur de sortir avec moi et elle a refusé. »

Mon cœur martelait ma poitrine. « C'était il y a un mois. »

La tête de Mary Ann fouetta l'air dans ma direction et elle pointa un doigt accusateur sur moi. « Tu as fait comme si tu ne savais pas qui était notre nouveau voisin.

— Je ne le savais pas. » Mon esprit tourbillonnait. Greg venait de dire qu'il voulait apprendre à mieux me connaître. Mais, quand même. Je me souvins que son intérêt pour moi n'avait pas d'importance. Euh, une grande famille, ça parle à quelqu'un ? Une carrière stressante ne laissant aucun temps pour sa moitié ? « Tu savais que je vivais ici avant d'acheter ton appartement ? Est-ce que tu me *suis* ? »

Cette pensée me ravit secrètement.

« J'ai découvert que tu vivais ici après avoir fait une offre pour acheter. » Il traversa la pièce à grands pas, puis laissa tomber le tournevis dans un sac à outils marron. « Ryan m'a raconté qu'il y avait une vente rapide et j'ai eu mon appartement pour des cacahuètes. Non pas que te suivre serait fastidieux. »

Un éclair me traversa, puis je réprimandai mentalement mon corps pour sa réaction traître.

Les sourcils de Mary Ann se soulevèrent. « Je pensais que tu sortais avec la capitale du New Jersey.

— C'est le cas. » Je jetai un coup d'œil à Greg, dont les muscles de la mâchoire se contractèrent.

Mary Ann, de son côté, semblait folle de joie. Elle se frotta les mains. « J'ai tapé " Trenton Davis " sur internet et j'ai vu qu'il était dans le top dix des célibataires les plus désirables du *Sacramento Living*. »

Je roulai des yeux. Pourquoi est-ce que tout le monde se souciait tellement du statut de Trenton dans le *Sacramento Living* ? Je suis sûre que Greg pourrait facilement être élu numéro un dans le top dix des célibataires de Sacramento. Ça ne voulait pas dire que son exigeante carrière ne le mènerait pas tout droit à la bouteille. Ni même qu'il aurait du temps pour moi.

« Tu cours ? » demanda Greg, en brisant le silence gênant.

« Tous les soirs. » Puisque la porte d'entrée était ouverte, je la poussai pour la fermer, puis séchai le reste de ma transpiration. Beurk. Peu m'importait ce à quoi je ressemblais, puisque je n'avais pas envie de sortir avec lui. J'enlevai mes chaussures d'un coup de pied, puis me retournai pour lui faire face de nouveau. « C'est le meilleur moment pour courir.

— Je ne suis vraiment pas d'accord. » Les coins de sa bouche se relevèrent. « Le matin, c'est le meilleur moment pour courir. C'est pour ça que j'en ai fait une habitude. »

Greg courait ? Intéressant...

Je m'avançai, secouai la tête, et refrénai un rictus. « Il n'y a *rien* de plus beau que de regarder le coucher de soleil en courant.

— Encore faux. » Il fit un pas vers moi. « Le lever de soleil est la plus incroyable vue qui existe. »

Mary Ann fit un son exaspéré. « Si vous voulez bien m'excuser, tous les deux, je dois passer un coup de fil. Ouais. »

Ma bouche tressaillit en voyant l'expression déterminée sur le visage de Greg. « Ce qui est sûr, c'est que tu tiens à tes croyances erronées.

— Et toi, tu es mignonne avec tes fausses conclusions. » Ses magnifiques yeux pétillaient et il se rapprocha encore plus. « J'essaie de m'imaginer à quel point tu seras belle quand tu réaliseras que j'ai raison. »

Je haussai un sourcil. « C'est un défi ? »

Il sourit, se tenant à seulement quelques centimètres de moi. « Complètement. Par contre, je ne peux pas aller courir demain matin, parce que je travaille jusqu'à tard ce soir. »

Mon humeur chuta d'un cran immédiatement. Ah, le travail. Où avais-je déjà entendu cette excuse ? Voilà, c'est ça. Toute. Ma. Vie. « Pas de soucis. On tient tous les deux à nos opinions, alors restons-en là. »

Il eut l'air déçu. « J'ai dit quelque chose de mal ?

— Non », mentis-je, en évitant son regard.

« Ginger... » Il soupira, puis me surprit en désignant le mur de l'autre côté de mon canapé. « Cette peinture est incroyable. Tu as beaucoup de talent. »

Je suivis son regard. Le tableau rectangulaire était de cent-vingt centimètres par soixante avec des spirales de blanc et un arc de jaune qui traversait le fond bleu foncé. Je l'avais peint quand mon père m'avait promis qu'il irait en cure. « Tu t'es souvenu que je suis une artiste. »

Ses yeux plongèrent dans les miens. « Je me souviens de tout ce dont nous avons parlé, cette nuit-là.

— Moi aussi. » Des papillons dansaient dans mon ventre. Je ne pouvais pas croire que je venais d'admettre ça devant lui.

« Ta toile est très émouvante. » Il passa sa main en cercles sur les spirales blanches, puis s'arrêta près des courbes jaunes. « Ça me fait penser à la promesse d'un jour nouveau.

— Plus à une promesse brisée. » Tous les muscles de mon corps se figèrent alors que je réalisais ce que j'avais laissé échapper. Il semblerait que je me sentais bien trop à l'aise avec Greg, et à présent je n'avais qu'une envie : effacer ce que je venais de dire.

Il fronça les sourcils. « Qui a brisé une promesse qu'il t'avait faite ?

— Oublie-moi. » J'agitai une main, essayant de dissiper l'aspect sérieux de ce que je venais d'admettre. « C'est juste du *drama* d'artiste. C'est presque requis si tu veux avoir le diplôme, tu sais. »

Il s'approcha de moi, ses doigts effleurant ma joue. « Je ne veux pas t'oublier. »

Mon cœur fondit. Je voulais oublier la raison et lui donner une chance. *Nous* donner une chance. Mais je savais que ce n'était pas le bon choix.

Je me reculai. « Il se fait tard. Il faut que je me lave et que je me prépare pour aller au lit. »

Son expression se fit confuse. « Tu m'évites, mais je n'arrive pas à comprendre pourquoi.

— Ne sois pas bête. » Je marchai à grands pas vers la porte, attrapai la poignée, et tirai pour l'ouvrir. « Merci encore d'avoir changé notre ampoule. »

Je grinçai mentalement des dents au rendu si nul de cette phrase.

« C'était une tâche ardue, mais content d'avoir pu aider. » Il souleva son sac à outils, me suivit jusqu'à la porte, puis s'arrêta sur le seuil. Il se retourna et se pencha près de mon oreille, son souffle caressant ma peau. « On va aller courir, tu sais. C'est juste une question de temps. »

Des picotements envahirent ma poitrine et j'eus le sentiment distinct qu'il ne parlait pas seulement de courir. Ma gorge se fit sèche et je déglutis. « Au revoir, Greg. »

Il se redressa, le coin de sa bouche se relevant. « Bonne nuit. »

Après m'être assurée qu'il était bien dehors, je fermai la porte et m'y appuyai. Les bruits distants de Greg montant les escaliers vers son propre appartement résonnèrent jusqu'à ma porte. Je respirai profondément puis fixai le tourbillon d'émotions que constituait ma toile.

Sauf que maintenant, elle me faisait penser à Greg.

CHAPITRE TROIS

Le jour suivant au travail, je reçus une pluie de plaintes de la part de mes collègues quand ils se rendirent compte qu'ils devaient remplir un formulaire pour chaque petite fourniture de bureau dont ils avaient besoin. Je m'acharnais à leur répéter « je ne suis que la messagère », jusqu'à ce que je me recroqueville sur moi-même, prête à exploser. C'est pourquoi je criai de joie quand Jill appela pour m'inviter à boire un verre après le travail avec notre amie Kristen.

Assise sur un canapé bleu marine au bar de l'hôtel Geoffries, j'attrapai ma margarita posée sur la table en verre et saisis la tige de mon verre comme si c'était le tout dernier cocktail sur Terre. « Tous les collègues doivent remplir un formulaire à chaque fois qu'ils prennent ne serait-ce qu'une recharge de crayon à mine dans le placard à fournitures, ce qui est totalement ridicule. Rich Woodward était le meilleur patron du monde. Et maintenant, il nous a à l'œil alors qu'on a rien de fait de mal.

Kristen s'assit entre Jill et moi sur le canapé et leva un doigt. « Ah, mais *quelque chose* a changé, sinon il n'aurait pas modifié son comportement. Seulement, tu ne sais pas ce que c'est.

— Tu crois ? » dis-je, en réalisant qu'elle avait probablement raison. « Je n'y avais jamais pensé. »

Kristen Moore gérait son propre cabinet de thérapeute conjugale et familiale. Si nous avions un problème, n'importe lequel, elle pouvait facilement mettre le doigt dessus. Pendant un moment, j'envisageais même de lui demander ce que signifiait mon attirance continue et problématique envers Greg. Ce matin, j'étais tombée sur lui en partant au bureau alors qu'il rentrait chez lui après le travail. Il m'avait montré un chaton abandonné qu'il avait trouvé, et décidé de garder. N'était-ce pas adorable ?

« Je suis désolée que tu aies passé une mauvaise journée au travail. » Jill but son chardonnay, puis sa bouche forma un sourire. « Mais j'ai des nouvelles qui, je pense, vont te remonter le moral.

— Je suis toute ouïe. » Je posai mes lèvres contre mon verre bordé de sel – le liquide glacé, doux et acide éclatant avec saveur dans ma bouche. Délicieux.

Jill se retourna sur le canapé, pour nous faire face. « Premièrement, j'aimerais vous remercier toutes les deux de nouveau pour vos dons à la collecte de fonds des Bâtisseurs d'amitiés. On a récolté assez d'argent pour signer un loyer sur un duplex, où il y a deux chambres par appartement. Bob et moi avons plusieurs candidats en vue, on va les aborder ce week-end, une fois que les maisons seront prêtes pour qu'ils puissent y emménager. »

Kristen joua avec la fine paille noire glissée dans son verre d'eau gazeuse et citron vert. « C'est super, Jill. Félicitations.

— Aux Bâtisseurs d'amitiés. » Je trinquai mon verre avec elles, puis m'autorisai à en boire une longue et rafraîchissante gorgée. « Tu avais raison. Ça m'a remonté le moral. »

Jill fit un sourire en coin. « Ce n'est pas la nouvelle dont je parlais. »

Je remuai ma boisson verte glacée. « Ah ? »

Elle secoua la tête. « Écoutez ça. Jenna McCoy du magazine *Sacramento Living* est allée à la collecte de fonds vendredi soir. Elle a hâte d'écrire un article sur les Bâtisseurs d'amitiés et la maison que tu vas redécorer. Des entretiens, des photos, les travaux...

— C'est pas vrai ! » L'adrénaline m'envahit, même si je ne connaissais pas encore le propriétaire de la maison que j'allais décorer. Mais je pouvais transformer n'importe quel endroit. En fait, plus c'était un défi, mieux je m'en sortais ! Je gigotai sur ma chaise. « Ce serait une super publicité pour ton association caritative, Jill. »

Kristen pressa mon avant-bras, son expression me faisant comprendre qu'elle était déjà au courant à propos de l'article. « Ce pourrait aussi être la publicité dont tu as besoin pour commencer ta propre entreprise de décoration. »

Ma gorge se noua et mes yeux se mirent à brûler. « Ma propre entreprise ?

— On sait toutes que tu n'es pas heureuse au travail. » Les mots de Jill sortirent en un éclair, comme si elle ne pouvait plus les retenir. « Quand je suis allée à ce cours d'art avec toi le mois dernier, ton visage s'est éclairé et j'ai bien vu que c'était ta passion. Puis j'ai vu par moi-même comment tu as décoré ton appartement... Tu as un don, Ginger.

— Peut-être que tu pourrais décorer à mi-temps et remplir un peu ton portfolio avant de faire le grand saut. » Kristen se pencha vers moi. « On te soutient, quelle que soit ta décision, mais on croit en ton talent et on veut vraiment que tu sois heureuse dans ta carrière.

— Ça dépend de toi. » Jill hocha la tête, avec approbation. « Je ne veux pas te mettre la pression, mais Jenna doit savoir demain si tu es intéressée par l'article. Ce sera six pages dans leur prochain numéro, ce qui veut dire que tu devrais commencer à réaménager l'appartement du gagnant immédiatement, pour avoir terminé d'ici deux semaines. »

Des idées fleurissaient massivement dans ma tête. Des rideaux. Des tapis décoratifs. Canapés et causeuses. Des vases remplis de fleurs brillantes...

Je couinai, passai derrière Kristen, et saisis la main de Jill. « S'il te plaît, dis à Jenna que la réponse est un *oui* absolu et total. Je serais ravie qu'elle photographie "l'avant" et "l'après" de la maison que je vais rénover. Merci pour cette opportunité. Tu n'as pas idée de ce que cette publicité signifie pour moi. »

Jill se rapprocha de Kristen, me pressant la main. « Quand je t'ai demandé d'offrir tes services de décoration, j'avais comme l'impression que cet événement pourrait bien changer ta vie. »

Les yeux rêveurs, je fixai mon amie. « C'est incroyable. Pour la première fois de ma vie, je pourrais vraiment faire ce que je veux sans que rien ne me retienne. »

Kristen joignit ses mains aux nôtres. « Nous croyons en toi, ma chérie.

— Merci beaucoup, les filles. » J'inclinai la tête, me demandant si quelqu'un avait enchéri par-dessus les mille dollars que mon conseiller financier, euh, je veux dire mon cavalier, avait enchéri sur ma donation. « Alors, quelle est l'identité du propriétaire dont je vais décorer la maison ? Qui a fait la plus grande offre ? »

Jill leva son verre. « C'est une autre partie de la bonne nouvelle. Tu le connais déjà.

— Trenton ? » Une vague d'énergie m'envahit. Peut-être que si je l'appelais maintenant, il me laisserait commencer à travailler dès ce soir.

— Nan. » Elle secoua la tête. « Pas Trenton. Greg Shaffer. »

Ma bouche s'ouvrit grand et mon visage s'engourdit. « G-Greg ?

— Ouaip. » Elle fouilla sa mallette, en sortit une feuille de papier, et me la passa. « Il a triplé la plus grande offre. Regarde ça. C'est pas génial ? »

Pas exactement le mot que j'aurais choisi.

Je regardais fixement les numéros gribouillés, incapable de calculer tous les zéros devant mes yeux. Greg s'était bien assuré de gagner avec ce numéro. Je peinais à le croire. Pour arriver au but de ma vie, je devrais passer les deux prochaines semaines à travailler côte à côte avec le seul homme qui avait le pouvoir de me briser le cœur.

Des émotions contradictoires firent rage en moi. Avec mon obsession insensée envers Greg, je devais rester loin de lui pour finir par laisser mourir ces sentiments fous. Mais j'avais toujours voulu utiliser l'art au quotidien dans mon travail et n'aurais jamais dû céder à mes parents à l'époque de l'institut des études supérieures, en changeant de spécialité pour quelque chose qu'ils jugeaient plus approprié. À présent, je pouvais corriger mon erreur.

C'était ma chance de changer de carrière. Et je devais la saisir au vol.

* * *

Lorsque je rentrai à la maison après ma soirée entre filles, je récupérai mon téléphone et pratiquai ce que j'avais répété une douzaine de fois. « Salut, c'est Ginger... Salut, c'est la fille de l'étage d'en dessous... Hé, tu as gagné. » Oh-la-la.

Enfin, je composai son numéro et laissai les mots tomber comme ils venaient, en commençant par le remercier pour son don généreux et en le félicitant d'avoir gagné. Quand je lui racontais la proposition de Jenna McCoy d'écrire un article sur les Bâtisseurs d'amitiés, il fut d'accord pour la laisser photographier son appartement et me dit qu'il pouvait me voir pour la consultation initiale le soir-même. Youpi !

Quinze minutes plus tard, je montais au trot chez lui avec mon carnet de croquis à la main. Je frappai à la porte, me rappelant que j'étais une professionnelle et que je resterais à une distance tout à fait professionnelle de mon client. Quand la porte d'entrée s'ouvrit, les yeux de Greg se rivèrent sur les miens et sa bouche forma un sourire.

Mon souffla resta bloqué dans ma gorge. Il pourrait être le numéro un du top des célibataires les plus désirables de Sacramento, les doigts dans le nez. *Wow*. Il était habillé simplement, avec une chemise à manches courtes qui s'étendait sur sa poitrine musclée et un short kaki qui mettait en valeur ses jambes fortes de coureur. Il était sexy. Absolument sexy.

Non, Ginger. Une décoratrice professionnelle ne se concentrait *pas* sur la beauté de son client. Elle s'investissait dans son projet. Je me raclai la gorge. « Bonsoir. »

Sa bouche tressaillit. « Bonsoir, toi-même. »

Oh-la-la. Était-il obligé d'être si adorable en me saluant ?

En serrant mon carnet de croquis dans ma main, je commençai : « J'apprécie que tu me laisses venir avec un délai si court. Jenna a une *deadline* et on doit faire cette consultation pour que je puisse commencer à travailler sur le projet. »

Il s'appuya contre la porte, tenant son nouveau chaton dans la main. « T'as décidé de renoncer à ton jogging de nuit ? »

J'enroulai mes cheveux sombres autour de mon doigt, observant comment il avait changé de sujet. Je vis aussi à quel point il était mignon avec ce chaton dans la main, mais je me retins de le caresser, car j'étais là pour le travail. « Cette première consultation est importante. Tu as payé beaucoup d'argent pour mes services de décoratrice et je compte faire le meilleur travail possible. Au nom de l'asso-ciation, bien sûr. »

Et voilà. On était de retour sur la bonne voie.

Il tint la porte grande ouverte. « On n'a qu'à s'y mettre. Tu veux boire quelque chose ? Un soda, un thé glacé, un jus ? »

J'avais la gorge sèche et les professionnels doivent rester

hydratés, n'est-ce pas ? « Un peu d'eau, ce serait super. Merci »

J'entrai, l'odeur de peinture fraîche m'envahissant le nez. Des murs blancs, une moquette beige neuve, et un plan d'étage ouvert. Ça allait être marrant.

« Il faut qu'on parle de tes attentes d'abord, et ensuite on discutera de ton budget », déclarai-je, en le suivant dans la cuisine. Plans de travail en granit tacheté clair. Des meubles foncés. Électroménager en acier inoxydable. Visiblement, tout cela était neuf et avait coûté de l'argent. « Tu as aménagé la cuisine toi-même ?

— Cadeau de pendaison de crémaillère de la part de ma maman. » Il pressa un verre contre la fontaine à eau sur son frigo avec une main, tout en tenant le chaton gris de l'autre. « Elle l'a fait faire la semaine dernière après que j'aie signé la vente.

— C'est magnifique. » Sa mère devait être très généreuse. Mes parents n'avaient même pas envoyé de fleurs quand j'avais emménagé dans l'appartement du dessous. Bon, ce n'est pas comme si je l'avais acheté, mais j'avais fait de cet endroit mon chez moi, alors ça devait bien compter pour quelque chose. « J'imagine que tu ne veux rien changer ici ?

— C'est à toi de me le dire. » Il posa son verre sur le comptoir à côté de moi. « Je suis docteur, pas décorateur.

— À vrai dire, je suis manager de bureau. » J'estimais que je devais clarifier les choses à ce sujet tout de suite. Je soulevai mon verre et en bus une gorgée, le liquide frais était comme une petite vague de paradis roulant dans ma gorge. « Jusqu'à maintenant, la décoration était un hobby, surtout pour moi. Mais j'ai pas mal aidé mes amies avec leurs réaménagements. »

Il se pencha sur le comptoir, le chaton miaula doucement avant de commencer à jouer avec un stylo sur le plan de travail. « Alors, je suis honoré d'être ton premier client officiel. »

En enroulant mes cheveux, je relevai les cils. « J'espère que tu n'es pas trop déçu de mes références pathétiques. Je sais que tu as payé beaucoup d'argent à cette enchère et je ne veux pas que tu te sentes trahi, en aucune façon. »

Il se redressa. « Je n'ai pas placé l'offre en m'attendant à un CV complet. »

Puis vint la question lancinante qui me brûlait les lèvres. « Pourquoi tu l'as fait, alors ? »

Si la réponse était ce à quoi je pensais, je devrais clarifier que ce réaménagement serait seulement une question de travail. Je n'avais absolument pas envie qu'il pense qu'il avait une chance d'être plus qu'ami avec moi.

Son expression se fit sérieuse. « J'ai enchéri sur ton article pour une raison spécifique. Les photos que tu as encadrées et exposées sur la table ? Les photos "avant" montraient un environnement stérile qui avait toutes les caractéristiques d'une maison, mais qui n'était pas un foyer. Cet endroit n'avait pas de cœur. »

Ma main glissa, et mon verre cogna contre le comptoir avec un *clank*. Il venait de décrire exactement ce que j'avais ressenti quand j'avais loué mon appartement.

« Tes photos "après" montraient un endroit qui avait été transformé, rempli de couleurs et de chaleur – un vrai foyer qui me donnerait envie de rentrer tous les soirs. Ou tous les matins, selon mon planning », blagua-t-il.

Je gloussai, me souvenant qu'il travaillait jusqu'à tard.

Il caressa la petite tête du minuscule chaton. « J'ai envie que tu fasses la même chose pour mon appartement. Que tu en fasses un foyer. C'est aussi simple que ça.

— Oh », répondis-je, ce compliment m'emplissant de joie. Puis mes joues s'empourprèrent, et je regardai ailleurs. J'imagine que j'étais partie assez loin, en pensant qu'il avait enchéri sur mon offre parce qu'il m'aimait bien. Oh, quel embarras.

Il posa le chaton sur le comptoir puis regarda dans ma direction. « Tu pensais peut-être que j'avais acheté ton offre parce que je voulais sortir avec toi ?

— Absolument pas. » Je me moquai, même s'il avait lu dans mes pensées. Le chaton sautilla dans ma direction, frottant sa douce joue contre ma main, et cette distraction me ravit. « On devrait retourner au travail. Parlons de style, comme ça on pourra réduire les options à ce que tu veux exactement.

— Très bien. » Il récupéra le chaton et désigna le salon d'un geste. « On discutera de mon style, ou de mon manque de style, sur mon canapé très démodé. »

Mes joues brûlaient alors que je marchais vers son canapé, incapable de croire que j'avais laissé mes pensées dériver sur le personnel, une fois de plus. Tellement humiliant.

Il apparut sur le côté, puis se retourna dans ma direction. « J'ai acheté ton offre en me basant sur ton talent. C'est vrai. Mais ça ne veut pas dire que je ne veux pas *aussi* sortir avec toi. Juste au cas où tu te poserais la question.

— Je ne me la posais pas. » J'essayai de garder un visage

neutre pour maintenir ma dignité professionnelle, mais je pouvais sentir les coins de ma bouche se relever.

Il me fit un clin d'œil. « Content qu'on ait clarifié les choses.

— Moi aussi », répondis-je, mais je ne pus contrôler le sourire qui illumina mon visage.

CHAPITRE QUATRE

Après avoir feuilleté plusieurs magazines, Greg et moi décidâmes d'un style intérieur traditionnel et classique pour son appartement. Simple, avec des lignes claires, tout en étant chaleureux et accueillant. Jenna, du *Sacramento Living*, prit les photos « avant » à son appartement le mercredi après-midi pendant ma pause-déjeuner, pour que je puisse être là et rencontrer la femme qui pouvait donner le coup d'envoi à ma propre entreprise de décoration.

Au vu de l'échéance proche, je promis de terminer la première pièce d'ici à vendredi, puisqu'elle voulait rendre compte autant du déroulement que du résultat. Après le travail, j'allai chercher du matériel de peinture, puis recrutai Mary Ann comme mon assistante.

« C'est *ton* projet. » Mary Ann s'assit sur la bâche que j'avais posée sur le sol du bureau de Greg pour protéger sa nouvelle moquette. Elle fit tournoyer un pinceau dans sa main. « Je ne comprends pas pourquoi je dois absolument faire partie de ça. Je pourrais être à un deuxième rendez-vous avec Liam en ce moment-même. »

Je trempai mon pinceau dans la peinture beige. « Je croyais que tu ne sortais pas avec le même mec plus d'une fois.

— Non, ma règle c'est de sortir avec un mec jusqu'à ce que je m'ennuie. C'est pas ma faute si en général ça arrive après le premier rendez-vous. »

En tenant ma main bien ferme, je fis glisser mon pinceau avec soin le long du chambranle pour garder une ligne droite. « Est-ce que tu pourrais juste me rendre ce service ? Si c'est pas pour être sympa avec ta sœur, alors fais-le pour m'aider parce que j'ai payé le loyer ce mois-ci. » Je marquai une pause, fixant ma sœur avec un sourcil haussé. « Je suis pas Crésus, tu sais. »

Elle soupira et agita son pinceau. « Une décoratrice professionnelle engagerait un peintre, au lieu de le faire elle-même.

— N'importe quel colocataire normal paierait sa part du loyer », rétorquai-je, puis je trempai mon pinceau dans le seau une seconde fois. Tremper. Prendre le pinceau. Peindre. Tout répéter. « De plus, je vais inclure la peinture dans mon projet d'entreprise. Mes clients auront beaucoup plus que de la décoration quand ils feront appel au Projet rencontre de Ginger Nielsen. Je pensais à des fausses finitions...

— Le Projet rencontre, c'est vraiment mignon comme nom d'entreprise. » Elle grogna doucement, se releva, puis se tapota le ventre. « Tu peux pas t'attendre à ce que je travaille l'estomac vide, par-contre. Je vais voir ce que notre voisin sexy a dans son frigo. »

Greg était parti faire des courses une demie-heure plus tôt, et je ne savais pas quand il reviendrait. Je n'avais absolument pas envie qu'il rentre et trouve Mary Ann en train de fouiller dans sa cuisine. Définitivement pas professionnel.

« Ne pense même pas à te servir dans le frigo de Greg. » Je bloquai la porte et désignai le coin où je lui avais demandé de travailler. Puis je fis un mouvement circulaire avec mon doigt. « C'est mon client. On est ici pour réaménager son bureau, pas piller son frigo. Maintenant, fais demi-tour et au travail. »

Elle roula des yeux, mais fit ce que je lui dis. Enfin... « C'est pas comme si ça allait l'embêter qu'on mange un petit goûter. Je suis sûre qu'il te donnerait tout ce que tu veux. C'est tellement évident qu'il en pince pour toi.

— Non, il en pince pas pour moi. » Même si ces mots sur le fait qu'il veuille sortir avec moi tambourinaient dans ma tête, me poussant à oublier ce qui était raisonnable et à arrêter de lutter. Mais, allô ? Il fallait bien être réaliste dans ce cas. Un médecin urgentiste, vous vous rappelez ? C'était une profession honorable, mais cela voulait aussi dire stress, rendez-vous annulés, et le voir se démener pour gérer la perte de patients. Année après année. Et on savait tous comment mon père avait géré cela avec son pote, le scotch. Je ne voulais pas de ça dans ma vie.

« Tu crois que je suis aveugle ? » Elle tamponna son pinceau sur le coin d'un mur avec une lenteur d'escargot. En fait, j'étais presque sûre que les escargots bougeaient plus vite. « J'ai dû secouer notre ampoule comme une folle pour que ce magnifique homme vienne dans mon salon. Et puis toi tu arrives, toute crasseuse et transpirante, et il ne peut pas s'empêcher de te regarder. »

Une image de Greg revenant du travail ce matin et passant à côté de moi m'envahit l'esprit. Son sourire commençait à sembler un peu trop familier. « Pourquoi est-ce que ça m'arrive à moi ?

— Tu as rendez-vous avec un mec célèbre vendredi soir et notre voisin du dessus, qui est follement attirant, en pince pour toi. » Elle me lança un regard à la « arrête de te plaindre ». « Ne compte pas sur moi pour te plaindre, là, maintenant.

— Greg est beaucoup plus que juste attirant. » Je finis le dernier de mes liserés, puis échangeai mon pinceau pour le rouleau. « Il est intelligent, drôle, et je l'aime vraiment bien. Mais il est médecin urgentiste, et on sait toutes les deux ce que ça veut dire. »

Elle écarquilla les yeux. « Une assurance santé gratuite ?

— La pression. » Je versai de la peinture dans le bac en métal, y trempai mon rouleau, puis commençai à peindre les murs. « Perdre des patients finira par l'atteindre. Il aura besoin d'un moyen de gérer la douleur. Je ne peux pas supporter un autre alcoolique dans ma vie. Un docteur, c'est pas la bonne personne pour moi.

— Alors sors avec lui, puis largue-le. » Dit-elle comme si j'étais idiote de ne pas y avoir pensé. « Cette méthode marche à merveille pour moi. »

Je fronçai les sourcils. « Greg n'est pas le genre de mec à avoir juste une aventure.

— Convaincs-le. » Elle remua les sourcils. « Je suis sûre que tu n'aurais pas à faire beaucoup d'efforts, vu comment il te dévore des yeux.

— Il est plus sérieux que ça. Ça se voit. » Je secouai la tête, en pensant que je n'aurais pas dû en attendre plus de la part de ma jeune sœur. Elle n'avait pas eu de vraie relation amoureuse depuis des années. « En plus, je ne sors pas avec un mec qui veut des enfants. Point.

— Tu sur-analyses tout. Ce n'est pas sain pour ta vie amoureuse. » Elle admirait le seul coin qu'elle avait réussi à peindre, puis déposa son pinceau dans le seau, comme si elle en avait terminé. « Alors, quoi de neuf avec New Jersey ? On a du potentiel de ce côté-là ?

— Je lui donne une chance. Kaitlin pense qu'on irait super bien ensemble. » Je grimpai l'échelle pour atteindre les endroits plus proches du plafond. « On a aucune alchimie, par contre. Pas comme celle que j'ai avec... » Ma voix s'éteignit.

« Notre voisin du haut baraqué ? Ha-ha ! » Elle sautilla, en mimant des bisous. « Je savais que tu en pinçais pour lui. Tu *veux* Greg. Admets-le. »

Je serrai les dents alors que je pressai mon rouleau le long du mur. « C'est faux. »

Elle enfonça ses doigts dans mon dos, puis commença à chanter. « Ginger est amoureuse de Greg ! »

Oh-la-la, ma sœur pouvait être tellement insupportable. « Arrête de faire comme si on était au lycée. Je t'ai déjà dit que je ne voulais pas sortir avec Greg. »

C'est alors que je remarquai Greg, debout dans l'embrasure de la porte. Je grimaçai, me demandant depuis quand il était là et ce qu'il avait entendu. Mary Ann allait avoir affaire à moi, plus tard.

Ses sourcils se haussèrent et il fit un petit sourire satisfait. « Est-ce que je viens encore de me faire descendre ? Alors que je n'étais même pas présent pour me défendre ? »

Je jetai un regard furieux à Mary Ann, qui eut la décence de sembler navrée.

« J'en ai bien peur. » Mary Ann joint les mains. « Mais, si ça vaut quelque chose, j'étais de ton côté.

— Merci. » Il tendit son poing et ils se firent un *check*, comme s'ils se connaissaient depuis des années. Est-ce qu'ils se liguaient contre moi ?

« Pas de soucis. » Elle me lança un regard furtif. « J'imagine que ce travail subalterne remplit mes obligations de payer le loyer. Maintenant, si vous voulez bien m'excuser, tous les deux, je vais aller en bas et manger un bout. Je suis morte de faim. »

Je la regardai sortir, incapable de croire qu'elle avait un culot pareil. Je me demandai aussi depuis combien de temps Greg assistait à notre conversation.

« Je suis désolée pour ça », dis-je, tout en descendant de l'échelle. « Tu m'as embauchée pour faire ce travail et je pensais que Mary Ann pourrait m'aider. De toute évidence, j'aurais dû y réfléchir à deux fois. »

Il fronça les sourcils. « Je viens de réaliser... Ginger et Mary Ann, comme dans *L'Île aux naufragés*. »

Je laissai échapper un petit rire. « Mes parents sont d'immenses fans de la série. Mary Ann et moi avons passé la majorité de notre enfance à réfléchir à ce qu'on ferait pour survivre si on était coincées sur une île tropicale déserte. À vrai dire, ça ne me dérangerait pas plus que ça de l'envoyer vivre toute seule sur une île déserte. »

Greg rit. « Vu que c'est ton assistante, je suis pas sûr que ce serait une décision très pragmatique. »

Pragmatique. Oui, il fallait que je reste raisonnable, ce qui voulait aussi dire ne *pas* parler de sortir ou non avec mon client, parce qu'il pouvait m'entendre. Oh, quelle bêtise.

Miaou, miaou.

Je me penchai et gazouillai à la vue du petit chaton de Greg, qui était entré. « Attention, l'ami, ou tu vas te faire peindre. Et, crois-moi, tu ne vas pas avoir envie de te lécher pour enlever la peinture. »

Greg s'accroupit et le ramassa. « Je vais l'appeler Le Capitaine. »

Je fronçai les sourcils et scrutai Greg. « Tu veux dire "Capitaine", n'est-ce pas ? Parce qu'avec "Le Capitaine", on dirait que tu l'appelles comme dans *L'Île aux naufragés*... »

Il sourit.

J'ouvris grand la bouche. « Sérieusement ? »

Miaou, miaou.

« Tu vois ? » Il gratta le chaton derrière les oreilles. « Le Capitaine aime son nouveau nom. »

Oh-la-la... ! Ce mec était exaspérant... et enivrant.

Je me relevai, et soulevai mon rouleau de peinture du bac, puis grimpai à l'échelle. Mon cœur tambourinait dans ma poitrine alors que je passai mon rouleau sur le mur avec beaucoup plus de force que nécessaire. Il ne m'aidait pas à garder une distance émotionnelle avec lui en appelant son chat Le Capitaine. Cet homme était tellement *exaspérant*. Puis j'entendis un bruit derrière moi et me retournai pour voir Greg peindre l'autre mur. La porte du bureau était fermée et Le Capitaine devait avoir été mis dehors parce qu'il n'était nulle part en vue.

Oh, non. Maintenant je commençais à penser au chaton comme étant Le Capitaine. Argh !

Je me frottai le front avec le dos de la main. « Qu'est-ce que tu penses faire ? »

Il regarda le rouleau d'un air confus. « Bah je peins, de toute évidence.

— Pourquoi ? » Je pinçai très fort mes lèvres. « Tu as payé pour un service. Le client ne doit pas aider le professionnel à faire son travail. »

Le coin de sa bouche se releva. « Tu es mignonne quand tu es têtue. Et je déteste avoir à te dire ça, mais le professionnel doit se plier aux désirs du client. Dans la limite du raisonnable, bien sûr. » Il me lança un regard intense, et je me demandai ce qu'il voulait que je fasse d'autre.

Je frissonnai, puis repris mes esprits, lâchant un soupir exaspéré alors qu'il se remettait à peindre. « Je suis habituée à travailler seule, Greg. C'est plus simple comme ça. »

Il me jeta un regard qui en disait long par-dessus son épaule. « Prépare-toi. Tu es sur le point de voir à quel point la vie est mieux avec un partenaire. »

Redressant ma tête en coup de vent, j'attaquai le mur comme pour me venger. J'avais un client fou et hors de contrôle. C'était la seule explication possible. Je veux dire, Le Capitaine ? Comment pouvait-il appeler son chaton comme ça ? C'était tellement ahurissant. Tellement inapproprié... Et tellement mignon.

Non, il fallait que je me calme. Réfléchis de manière rationnelle. La vie était moins stressante quand je n'avais à m'inquiéter que de moi. Je décorerais le reste de son appartement, Jenna prendrait les photos pour son article, et dans deux semaines il ne serait plus dans mes pattes pour de bon. Sauf qu'il vivait juste au-dessus de chez moi. Pffff.

Garder Greg en dehors de ma vie était un véritable défi qui s'intensifiait de jour en jour. Mais il fallait que je trouve un moyen. Plus je passais de temps avec lui, plus il m'attirait, et ces sentiments finiraient par imploser.

Soudain, Greg commença à siffloter l'air de *Reunited,* par Peaches and Herb. Au lieu d'être exaspérée, des picotements remontèrent dans mon cou alors que je me rappelais de la mélodie romantique sur laquelle nous avions dansé, cette nuit-là. Je me souvenais de la sensation de ses bras autour de moi, chauds et extraordinaires. Pas bon. Des frissons remontèrent dans mes bras, me donnant envie d'oublier ce qui était pragmatique et de me blottir dans ses bras de nouveau.

Le lendemain, Rach ouvrit la porte d'entrée de Laurel Ann, une petite boutique mignonne dans le vieux Sacramento avec une décoration d'intérieur unique. « Je stresse tellement à propos de la *baby shower* d'Ellen. Je veux que tout soit parfait pour elle, mais tu sais à quel point elle peut être exigeante.

— C'est sûr, elle a mis la barre haut. » Pas comme Greg, qui m'avait donné carte blanche avec sa carte de crédit pour décorer son appartement selon mes propres critères. Pas de pression. J'entrai dans le magasin à air conditionné, l'air frais me caressant la peau. « Au moins, tu as une liste précise à suivre. Moi, je dois être créative et j'ai une *deadline.* »

Elle me jeta un regard qui n'était pas empli de sympathie. « Ma liste est dactylographiée avec des caractères gras et une quantité astronomique d'astérisques. Comment est-ce que *tout ça* peut être une priorité ? Je vais tout foirer et elle va me détester.

— Tu es sa meilleure amie. Elle ne va pas s'énerver contre toi si quelque chose se passe mal. »

Même si Ellen n'avait toujours pas oublié que Rach avait amené son mini beagle au restaurant cinq étoiles où elle et son futur mari avaient organisé leur dîner de répétition. Rach adorait son chiot, et le traitait comme sa famille – un membre de la famille *poilu*, qui bavait alors que les invités étaient en train de manger. Ellen avait piqué une crise.

Penser au toutou de Rach me rappela Le Capitaine, alors je secouai la tête pour chasser cette idée. J'avais un travail à faire – d'ici quarante-cinq minutes, puisque c'était notre pause-déjeuner. « Je suis sûre que la *baby shower* sera chouette. On reniflera plein de fausses couches sales, on rigolera, et on passera un moment génial.

— Espérons-le. » Elle soupira, jouant avec des bougies alors que nous naviguions dans les allées. « Qu'est-ce que tu cherches exactement ?

— De la décoration qui m'inspirerait, pour le bureau de Greg. » Je regardai tous les objets autour de moi en attendant que quelque chose me vienne à l'esprit. Rapidement, bien sûr. Le temps pressait. « Jenna va prendre la première série de photos "avant" pour le prochain numéro du magazine demain midi. Cet article sera ma première vraie référence comme décoratrice, donc le bureau doit être parfait. Si je n'arrive pas à l'épater, je peux dire au-revoir à mon rêve.

— Ne te mets pas trop la pression. » Elle me suivit jusqu'au fond du magasin et s'arrêta à côté d'une pile d'œuvres d'art encadrées. « L'intérêt de changer de carrière est que tu puisses profiter de ton travail.

— Pfff. » Ouais, mais c'était avant de savoir que je devais travailler avec Greg Shaffer. Grâce à lui, je n'avais pas pu dormir de la nuit. Je m'étais tournée et retournée dans le lit, en m'inquiétant pour Le Capitaine, resté tout seul dans l'appartement pendant que Greg travaillait. Je me demandais si le *Sacramento Living* pourrait retoucher les cernes creusées sous mes yeux...

Rach me toucha le bras, ce qui me fit sursauter. « Tout va bien ? Je t'ai posé deux fois la question pour savoir si tu aimais cette toile et tu ne m'as toujours pas répondu.

— Désolée. » Je feignis un sourire, puis regardai le paysage campagnard encadré, qui était adorable mais n'avait rien à voir avec Greg. Enfin, ce n'était pas comme si j'en savais beaucoup à son sujet. Je savais juste qu'il était drôle, mignon, qu'il aimait aider, et donnait beaucoup d'amour à son chaton. « Je suis juste stressée à propos de... Cette interview avec le magazine. »

C'était vrai. L'article était carrément sur ma liste grandissante de choses qui me stressaient, tout comme Greg, ma sœur, mes parents, et le travail, qui auparavant m'ennuyait, et était à présent un fléau à cause de la nouvelle passion de mon patron pour le contrôle excessif.

« Ginger ? » Elle haussa le sourcil droit. « Allez, parle-moi. Tu es inquiète à propos de ton rendez-vous demain soir ?

— Mon quoi ? Ah, oui... » Je soupirai, ayant totalement oublié mon rendez-vous avec Trenton Davis demain soir. Il est probable qu'un million de femmes mouraient d'envie de sortir avec l'ex de Rochelle Richards, et je ne pouvais m'empêcher de penser à un mec qui n'était pas fait pour moi. « Je ne sais pas quoi penser à propos de Trenton. Il est sympa. Kaitlin pense qu'on ferait un beau couple, mais sa fascination pour tout ce qui touche à la finance ne me fait pas vraiment fondre. »

Soudain, les paroles de *Reunited* par Peaches and Herb me vinrent à l'esprit – le rythme continuant dans un sifflement. De quoi tomber en pâmoison. Je posai mon poignet sur mon front. Pourquoi ne pouvais-je pas m'enlever Greg de la tête ?

Rach s'éclaircit la voix. « Tu es distraite, de toute évidence. Ça a quelque chose à voir avec ce mec sur lequel tu es tombée à la collecte de fonds de vendredi soir ? »

Mes yeux sortirent de leurs orbites. « Comment tu sais ça ?

— Kaitlin m'a raconté. » Rach prit un diffuseur de senteurs, en renifla le haut, puis me le tendit pour que j'en prenne une bouffée. « Elle a dit que tu es devenue super niaise en voyant un mec sexy. L'ami de Ryan, ou quelque chose comme ça.

— Ils sont potes depuis l'école primaire », dis-je, en respirant du bois de santal. L'huile me rappelait une course à travers les bois. Complètement Greg. Je retournai l'objet pour en vérifier le prix. « C'est tout à fait exquis. »

Tout comme l'odeur de Greg...

« Je peux être utile, parfois. » Rach sourit, puis prit une bouffée d'un autre diffuseur. « Peut-être que tu pourrais parler en bien de moi à ma meilleure amie. Dis à Ellen à quel point je suis fantastique, pour qu'elle ne pète pas trop les plombs quand j'aurais gâché sa *shower*.

— Ne te mets pas trop la pression. » Je lui fis un sourire

narquois, en lui renvoyant ses propres mots à la figure. « L'objectif d'une *baby shower* est de s'amuser.

— La *shower*, oui. La programmation, pas tant que ça. » Elle observa quelques statuettes à la fin de la rangée, soulevant un petit ange en robe bleue. « C'est trop mignon. »

J'écarquillai les yeux. « Ça ira pas pour un bureau d'homme. »

Elle roula des yeux. « Pour le bébé d'Ellen, imbécile.

— Ah oui, dans ce cas, c'est adorable. » Je souris, puis regardai le reste du présentoir, et mon regard s'arrêta sur une grande statue de chaton en bronze. Il était assis, l'air concentré, sa patte avant relevée, comme s'il était sur le point de jouer avec une bobine de fil. J'en eus le souffle coupé. « Oh-la-la... C'est parfait. »

Je visualisai la magnifique commode contre le mur du salon de Greg. Une télé à écran plat en occupait le haut, et cachait la beauté du meuble. Je pouvais le déplacer dans le bureau, et cette statue serait parfaite en haut. Je pourrais peut-être ajouter une lampe pour mettre la statue en valeur, et un cadre à côté avec une photo personnelle...

Vingt minutes plus tard, nous réglâmes la note à la caisse. Rach avait acheté l'ange pour Ellen et j'avais toutes les touches personnelles dont j'avais besoin pour transformer le bureau de Greg. Tout ce qu'il me restait à faire était de passer au centre commercial après le travail pour récupérer les rideaux et les coussins décoratifs que j'avais mis de côté.

En revenant au bureau, Rach exprima ses inquiétudes quant à organiser à Ellen la meilleure *baby shower* du monde. Elle était terrifiée à l'idée de gâcher cette occasion unique dans une vie. Puisque j'avais déjà essayé de la calmer, je souris et hochai la tête cette fois-ci, la laissant exprimer ses inquiétudes pour se soulager.

Mon portable bipa, m'alertant que j'avais reçu un texto. J'attrapai discrètement mon sac et en sortit le téléphone. Le nom de Greg Shaffer apparut sur mon écran. Des frissons fourmillèrent en moi, et je lus le message : *Comment ça s'est passé, cette session shopping ?*

Je jetai un œil à l'heure. Treize heures, qui était le milieu de la nuit pour lui, puisqu'il travaillait de nuit. Quand papa travaillait de nuit, maman, Mary Ann et moi passions nos journées à marcher sur la pointe des pieds dans la maison. Mes doigts déverrouillèrent l'écran et j'écrivis : *Tu n'es pas censé te reposer, en ce moment ?*

Bip bip !

En glissant mon doigt sur l'écran, je lus : *J'ai pas pu m'en empêcher. Me suis réveillé en pensant à toi.*

Je sentis mon ventre se réchauffer, alors je me fustigeai moi-même. Je devais faire en sorte que notre relation reste celle d'une décoratrice et de son client. Puis je fronçai les sourcils. Il devrait *vraiment* s'endormir vite, vu qu'il allait travailler toute la nuit. J'avais grandi en sachant à quel point ce travail était exigeant, et en connaissant l'importance d'être toujours alerte aux urgences. Je répondis : *Tu es mon client, alors laisse-moi me préoccuper à propos des achats. Retourne dormir.*

Mon téléphone bipa : *C'est toi la patronne.*

Soulagée de savoir qu'il pourrait bien se reposer, je commençai à éloigner mon téléphone. Puis je regardai la boîte qui contenait la statue du chaton. Un électrochoc d'adrénaline me traversa. J'étais impatiente de lui montrer cette statue. Je me précipitai sur mon téléphone, les doigts pianotant sur le clavier : *PS : Tu vas aimer ce que j'ai choisi pour toi. Le Capitaine aussi.*

Quelques secondes plus tard, mon téléphone sonna : *Je suis sûr qu'on va l'adorer. Merci, mon rayon de soleil.*

Je répondis : *Bonne nuit, Greg.*

Même si l'adorable surnom dont il m'avait affublée n'était pas professionnel, ma bouche forma un sourire. À vrai dire, je passai toute l'après-midi à sourire.

CHAPITRE CINQ

Vendredi midi, mes mains tremblantes serraient le volant alors que je conduisais vers ma résidence pendant ma pause-déjeuner. J'avais terminé de décorer le bureau hier soir et Greg – *euh, mon client*, me rappelai-je pour la centième fois – avait adoré le résultat final. Quand il m'avait remerciée, ses yeux s'étaient emplis d'émotion. Il avait fait l'éloge de tous mes choix, ce qui m'avait profondément touchée.

Maintenant, on attendait de voir ce qu'en pensait Jenna.

Même si j'avais assuré à Greg qu'il n'avait pas à venir après avoir travaillé toute la nuit à l'hôpital, il avait refusé de rater la séance photo. Il m'avait répondu qu'il ne travaillerait pas pendant les deux prochaines nuits, alors je me sentis mieux en sachant qu'il n'essaierait pas de sauver des vies aux urgences tout en étant épuisé.

Alors que Greg se rendait dans la cuisine, je me levai de son canapé, et commençai à faire les cent pas. Et si Jenny détestait la décoration ? Bien sûr, Greg et moi adorions le bureau. Auparavant, la pièce était froide et fade. Maintenant, elle était chaude et accueillante, elle me donnait envie de me blottir avec un roman dans la chaise d'appoint vintage que j'avais trouvée à la boutique d'occasion.

Je sentais des pulsations dans mon front. Et si Jenna pensait que le style classique et accueillant était ennuyeux ? J'avais ajouté une affiche encadrée du *Vase avec douze tournesols* de Van Gogh pour la couleur et parce que c'était sympa. Et si elle préférait les fleurs dans la cuisine ? Pour moi, les fleurs remplissaient chaque pièce de joie, mais ce n'était pas comme si j'avais un diplôme qui validait mes goûts. C'est pourquoi l'opinion de Jenna était si importante pour moi.

Mes paumes se firent moites et je les frottai contre mon pantalon bleu.

Greg revint dans le salon, et me tendit un mug. « De la menthe poivrée. Ça devrait t'aider à calmer tes nerfs.

— Ça se voit tant que ça que je flippe ? » J'enveloppai la tasse chaude de mes mains avec gratitude. Son soutien était très important pour moi, surtout parce que je n'étais pas habituée à voir quelqu'un prendre soin de moi. « Attendre Jenna, c'est vraiment de la torture. »

Il frotta sa main sur le bas de mon dos, me guidant vers le sofa. « Tu as transformé mon bureau, Ginger. Tu as un don incroyable. Demande au Capitaine. Le bureau est sa pièce préférée maintenant, mais je l'ai mis dans ma chambre à regret, pour qu'il ne soit pas dans nos pattes pendant l'interview.

— Eh bien, si le chaton aime les améliorations, alors je suis bien partie », blaguai-je. Mon ventre se noua alors que je me laissais tomber sur le canapé et tentais de respirer profondément. C'était pas grand chose après tout. Ce n'étaient que ma vie et mon avenir qui dépendaient de cette interview.

Toc toc.

Mes yeux se dirigèrent vers la porte d'entrée. « Je vais ouvrir. »

Greg fronça les sourcils, confus, en voyant que je ne bougeais pas. Il désigna la porte de sa main en hochant la tête. « Tu veux que je... ? »

Ma gorge se fit sèche, mes jambes lourdes comme du plomb et je relevai les cils. « Oui, s'il te plaît. »

Je regardai la scène, terrorisée alors que Greg ouvrait la porte et accueillait Jenna, dont les long cheveux blonds descendaient en cascade le long de ses épaules. Reprends-toi, Ginger. En respirant profondément, je me relevai, puis me forçai à sourire. « Salut Jenna. Comment tu vas ? »

Je m'étais levée *et* j'avais formé une phrase. Ça n'allait qu'en s'améliorant.

Jenna entra, et me serra la main, un grand sac en cuir suspendu à son épaule. « Contente de te revoir. Je suis un peu pressée. J'ai un rendez-vous de l'autre côté de la ville dans pas longtemps. Le bureau est de ce côté, pas vrai ? »

Elle ne tournait pas autour du pot. Mon cœur fit un bruit sourd dans ma poitrine.

« Oui », affirmai-je en lui montrant le chemin et en restant à l'extérieur du bureau alors qu'elle s'y glissait. Chaque muscle de mon corps se tendit alors que je tortillais mes cheveux frénétiquement, dans l'attente du verdict. Les secondes passèrent, et semblèrent durer une éternité.

« Wow. » Jenna tourna autour de la pièce, les bras étendus. « Quelle transformation. La pièce est tellement plus vivante maintenant. » Elle sortit son appareil photo de son sac, enleva le protège-objectif, et commença à prendre des clichés. *Clic clic clic.* « J'adore le Van Gogh. Ça ajoute vraiment de l'énergie en plus dans la pièce. »

Mon estomac se détendit, et j'expulsai le souffle que j'avais retenu. Elle aimait la pièce. Vraiment. Me sentant presque euphorique, je jetai un coup d'œil à Greg qui murmurait « je te l'avais bien dit » quand Jenna ne regardait pas. Je me mordis la lèvre et souris, adorant qu'il ait tant foi en moi. De l'adrénaline parcourut mon corps, comme si je venais de finir une course de huit kilomètres.

Après que Jenna eut terminé de prendre des photos, elle me demanda mes motivations pour chacun des changements que j'avais réalisés. Puis, elle se tourna vers Greg, en lui touchant le bras. « C'est ta maison. Comment est-ce que tu trouves les changements effectués par Ginger ? »

Mon estomac remua alors que je regardai bouche bée sa main à elle sur son avant-bras à lui. Est-ce que le contact physique était vraiment nécessaire pendant une interview ? Chaque partie de moi m'exhortait à chasser sa main moi-même. Sans vouloir être territoriale ou quoi que ce soit.

« Je ne pourrais pas être plus satisfait. » Il s'adossa nonchalamment contre le mur, s'éloignant si légèrement d'elle que c'était presque imperceptible. Sauf si, bien sûr, vous fixiez la scène obsessivement, comme je le faisais. « Ginger a parfaitement saisi ma personnalité. »

Elle hocha la tête, frappa dans ses mains, puis se retourna vers moi. « Cette pièce m'a l'air très personnelle, à moi aussi. Comme si tu le connaissais bien. Vous étiez amis avant l'enchère ? »

Des souvenirs de la nuit de notre rencontre m'envahirent. Chaque chanson où il m'avait tenue dans ses bras, chaque mot que nous avions prononcé, chaque moment où nous nous étions touchés. « On ne s'était rencontrés qu'une fois avant. »

Ses yeux fixèrent les miens. « Des fois, c'est tout ce qu'il faut. »

La température de la pièce grimpa tellement qu'elle me donna envie de m'éventer, et je ne pouvais pas m'empêcher de le regarder. Pendant un instant, j'oubliai que Jenna était dans la pièce. Honnêtement, j'aurais eu du mal à me rappeler de mon propre nom. Super.

« Ginger a beaucoup de talent. » Il me fit un clin d'œil, puis dirigea son regard sur Jenna. « J'ai hâte de voir quelle est la prochaine étape.

— Tout comme moi. » Une fossette se forma sur sa joue, et elle ajusta la bretelle sur son épaule. « Merci beaucoup à vous deux. En plus de l'association et de la vente aux enchères, je sens que le côté intime de cette interview attirera l'intérêt des lecteurs. »

J'inspirai, essayant de récupérer mon souffle et de former des mots cohérents. « Nous sommes heureux d'aider les Bâtisseurs d'amitiés. C'est une organisation merveilleuse.

— Tout à fait. » En me regardant une dernière fois, Greg accompagna Jenna jusqu'à l'entrée et lui tint la porte ouverte.

Elle se retourna. « Je pourrais avoir quelques cartes de visite, Ginger ? J'adorerais te recommander à mes amies qui ont envie de réagencer leurs maisons. »

Des cartes de visite ? J'eus envie de me frapper pour ne pas en avoir préparé.

Mon cœur s'arrêta. « Oui, bien sûr. J'en amènerai quelques-unes mardi, quand tu reviendras pour la séance photo. »

Elle sourit, puis jeta un regard au salon. « J'ai hâte de voir ce que tu vas faire avec l'espace de cette pièce. Tu as vraiment une touche exceptionnelle. Je pense que l'interview étape par étape sera intéressante, aussi. Passez un bon week-end. Au revoir.

— Au revoir. » Dès que la porte fut fermée, mon regard se dirigea vers Greg.

Il sourit, les coins de ses yeux se plissant d'une manière adorable. « Je dirais que ça va calmer tes inquiétudes.

— Greg... » Une secousse d'électricité me traversa, soit à cause de la façon adorable qu'il avait de me regarder, soit à cause de l'excitation due à l'approbation de Jenna, soit des deux. Qu'importait la raison, quelque chose m'assaillit et je me jetai dans ses bras.

Il me tint fort contre lui et l'allégresse m'envahit – comme si une faille dans ma vie venait d'être remplie. Je me sentais *complète.* Il n'existait pas d'autre manière d'expliquer les émotions qui explosaient en moi. Et il n'y avait définitivement aucune manière d'expliquer pourquoi, quand Greg se recula et me regarda, je me redressai sur la pointe des pieds et pressai mes lèvres contre les siennes.

Il fut immobile pendant un moment, comme si je l'avais surpris. À vrai dire, je m'étais choquée moi-même. Puis ses doigts passèrent à travers mes cheveux et ses lèvres capturèrent les miennes. Des picotements irradièrent le long de ma poitrine, me faisant croire que je flottais. Quand il ouvrit la bouche, je n'hésitai pas à presser ma langue contre la sienne. Nous nous goûtâmes l'un l'autre avec passion, savourant ce moment comme si nous l'avions attendu pendant longtemps. Et c'était le cas.

J'avais voulu embrasser Greg dès la première nuit où nous nous étions rencontrés. Danser avec lui, rire avec lui, et parler ensemble au snack du coin avait été simple. Naturel. Et... vrai. À ce moment précis, bloquée dans son étreinte, sa bouche dévorant complètement la mienne, seule une question me trottait dans la tête. Pourquoi n'avions-nous pas fait cela pendant tout ce temps ?

Médecin urgentiste. Grande famille. Les raisons s'imposèrent à mon esprit comme des immenses pancartes « attention ». Un éclair me traversa, et je passai en alerte rouge.

Rapidement, je me séparai de lui, et reculai. Luttant pour rattraper mon souffle, ma main couvrant ma bouche, et je fixai les yeux mi-clos de Greg. Qu'est-ce. Que. J'avais. Fait ?

Il fit un mouvement vers moi. « Ginger...

— Je regrette. » Je secouai la tête, encore stupéfaite, et parlai à travers mes doigts engourdis. « Je ne sais pas ce qu'il m'est passé par la tête. »

Une ligne se forma entre ses sourcils. « Moi, je ne regrette pas. »

Peu importait à quel point c'était incroyable avec Greg – et « incroyable » ne pouvait même pas décrire la manière dont ce mec embrassait, *wouaw* – ça ne marcherait jamais entre nous. Commencer quoi que ce soit avec lui serait complètement irrationnel. Et je devais être rationnelle. Pour notre bien à tous les deux.

À regret, je soulevai mon sac à main de sa table basse,

puis le glissai sur mon épaule. « Il faut que j'aille au travail. »

Debout devant moi, il glissa ses mains dans ses poches. « Mais pourquoi ? »

Mon cœur tambourinait contre ma cage thoracique. « Ma pause déjeuner est terminée. Il faut que j'y aille. »

Une pointe de douleur éclaira son visage, mais il m'accompagna à la porte. Une fois dehors, je me retournai pour lui faire face, et il s'appuya contre le chambranle. Les muscles de sa mâchoire se contractèrent, mais il ne dit rien.

Oh, qu'est-ce que c'était gênant.

Je respirai profondément, ayant envie de partir sur une note plus amicale. « Je suis soulagée que Jenna soit contente du bureau. J'espère que le reste du projet se passera tout aussi bien. »

Il me regarda d'en haut, avec une expression sérieuse. « Sors avec moi ce soir. »

Mon estomac palpita, alors qu'une douleur sourde secouait ma poitrine. Une énorme partie de moi me suppliait de me laisser aller et de dire oui...

« J'ai déjà un rendez-vous », dis-je faiblement. Un rendez-vous auquel je n'étais pas hyper heureuse d'aller, mais quand même. Peu importait à quel point je le voulais, je ne pouvais pas perdre la tête. Ça ne ferait que plus mal sur le long terme. « Merci d'avoir été là aujourd'hui. Ton soutien est très important pour moi. Je travaillerai dans le salon ce week-end.

— C'est toi la patronne. » Ses yeux s'assombrirent, puis il ferma la porte.

Mon cœur se rétrécit, mais je ne pouvais rien y faire. Il n'y avait aucun intérêt à sortir avec Greg alors que ça ne pourrait jamais aboutir sur quelque chose. J'avais dérapé en l'embrassant, ce qui me faisait sentir assez mal comme ça. Je ne pouvais pas laisser cela arriver de nouveau, peu importe à quel point c'était tentant.

« Est-ce que tu es en train de me dire que je suis virée ? » Ma mâchoire s'ouvrit grand et je serrai fort les accoudoirs de la chaise de l'autre côté du bureau de Kaitlin.

Kaitlin secoua la tête catégoriquement. « Être remerciée n'est *pas* la même chose que d'être virée. Tu recevras des super recommandations et on te donne deux semaines d'indemnité de départ, plus toutes les vacances et les congés maladies que tu as accumulés. »

Mon visage s'engourdit alors que je me penchais en avant. « Mais le résultat c'est que je ne travaille plus ici. Il faut que je vide mon bureau et que je rentre chez moi. Pas vrai ? »

Elle pinça les lèvres. « Je le formulerais pas comme ça. Mais oui. »

Je fronçai les sourcils. « Ça fait combien de temps que tu es au courant ? »

Elle leva ses deux mains en l'air. « Rich me l'a dit ce matin. Je n'ai pas voulu te le dire plus tôt parce que tu avais cette interview avec *Sacramento Living* au déjeuner. »

Je croisai les bras. « C'est très attentionné de ta part.

— Ce n'est pas ma décision, Ginger. Il faut que tu me croies. » Elle joignit ses mains. « Rich réduit tous les budgets. Tu n'es pas la seule que nous avons dû licencier aujourd'hui. »

Cela attira mon attention. « Qui d'autre ?

— On a laissé Melinda Morgan partir ce matin. Ça faisait des années qu'elle était dans l'entreprise. »

Son expression se chiffonna et elle frotta ses mains contre son visage. « C'est la pire partie de mon travail. Je la déteste.

— Au moins, toi, tu *as* un travail », rétorquai-je. Comment allais-je payer mes factures ? Je n'avais aucune économie. Mary Ann payait sa moitié du loyer seulement quand ça lui chantait. Ma vue devint floue et je m'arrachai quelques cheveux. J'étais tellement mal barrée. « Comment l'a pris Melinda ?

— Qui sait ? » Elle se pencha en arrière dans sa chaise, secouant la tête. « Elle a agi comme elle le fait toujours, parfaitement calme et élégante. »

Pas comme moi, qui m'arrachait des cheveux et faisait une scène à l'une de mes bonnes amies.

Je soupirai, laissant tomber mes mains sur mes genoux. « Je sais bien que ce n'est pas ta faute. Je suis seulement bouleversée, j'imagine. Je n'avais jamais été virée avant.

— Remerciée, dit-elle d'une voix douce. Je comprends parfaitement. Dis-moi si je peux faire quoi que ce soit pour t'aider. »

Je m'effondrai sur ma chaise. « Tu peux effacer cette journée pour qu'elle ne soit jamais arrivée. Enfin, pas la journée entière. Jenna a adoré le réaménagement du bureau de Greg. Elle a dit que j'avais une touche exceptionnelle et a pris une tonne de photos pour son article. »

Et ce baiser avec Greg sera pour toujours gravé dans mon esprit...

« Je sais pas si c'est vraiment le moment de dire ça. »

Elle se mordilla la lèvre, puis me regarda avec précaution. « Mais peut-être que c'est une bonne chose, au final. Peut-être que ça t'aidera à faire une transition vers la décoration plus vite.

— Sauf que je n'ai pas de clients. » Puis je me souvins que Jenna avait demandé ma carte de visite. Apparemment, j'allais devoir en imprimer plus que ce que je pensais. « Il faut que j'y réfléchisse. »

Elle hocha la tête, puis me tendit une enveloppe blanche. « Ton dernier chèque. »

Je récupérai l'enveloppe, la serrant entre mes doigts. « C'était sympa de travailler ici quand même... Pendant un temps.

— La situation va vite empirer. » Elle souleva sa lèvre supérieure. « À ton avis, qui va récupérer toutes tes responsabilités ?

— C'est mieux d'avoir trop de travail qu'aucune rentrée d'argent. » Je lui lançai un regard qui en disait long, puis soupirai. J'imagine que si je devais me faire jeter, il valait mieux que ça vienne d'une amie. Même si le regard bienveillant de Kaitlin me donnait envie de *la* consoler. Quel bazar. J'inspirai profondément, frappai mes mains contre mes cuisses, puis me relevai. « Je me demande pourquoi Rich fait tous ces changements. Enfin, c'est pas comme si ça me regardait, maintenant.

— Aucune idée. » Kaitlin se releva, puis contourna son bureau, l'air abattu. Elle m'enlaça. « Je suis vraiment désolée.

— Merci. » Avec mon menton sur l'épaule de Kaitlin, ma tête commença à tourner. Le baiser avec Greg tournait en boucle dans mon esprit. Les éloges de Jenna. Le licenciement. J'avais travaillé si dur pour avoir une vie organisée et pragmatique. Puis, en une journée, une tornade avait frappé et tout semblait hors de contrôle. Mes yeux se mirent à brûler. « Ça va aller.

— Je sais. » Elle tapota mon dos, se recula, puis renifla. « Tu veux que je t'aide à ramasser tes affaires ?

— Bien sûr. » Respirant profondément, je séchai les coins de mes yeux. « Ce serait super. Merci. »

Mes jambes étaient aussi lourdes que des briques alors que je marchais péniblement jusqu'à mon futur ancien bureau. J'avais été virée. Évincée. À coups de pieds aux fesses. Ça m'avait totalement prise au dépourvu. Soudain, mon projet de décoration angoissant était devenu une situation à la marche ou crève. La pression était là : je devais faire de ce projet quelque chose de sensationnel pour pouvoir acquérir des clients. Rapidement. Sinon, je terminerais à la rue.

* * *

Même si j'avais la folle envie de gâcher le reste de l'après-midi du vendredi au lit avec mes couvertures au-dessus de la tête – oh-la-la, c'était tellement tentant – je me forçai à conduire jusqu'au magasin de fournitures de bureau pour acheter des cartes de visite vierges.

Quand j'arrivai à la maison, je portai les photos encadrées de mon ex-bureau dans mon appartement, et les posai contre le mur à côté du canapé. Puis j'avalai deux aspirines, en espérant me débarrasser de l'affreux mal de tête qui m'avait envahie, et allai dans ma chambre, où mon minuscule bureau était placé à côté de mon chevalet.

Ayant besoin d'un logo original pour mes cartes de visite, je récupérai un morceau de fusain et ébauchai design après design, essayant de trouver quelque chose qui me plaisait. Après plusieurs heures, j'avais dessiné un tas de lignes ondulées qui n'avaient rien d'intéressant, ni de près ni de loin. Comment mon inspiration pouvait-elle me quitter dans un moment pareil ?

Soudain, j'entendis un rapide *rap-rap-rap* sur ma porte, avant qu'elle ne s'ouvre dans un claquement. Mary Ann s'engouffra, en mâchant du chewing-gum. « Tu es rentrée tôt.

— Ouaip. » Je posai le fusain, frottai entre eux le bout de mes doigts qui étaient noirs, puis me tournai pour faire face à ma sœur.

Elle portait ses cheveux blond miel coiffés en chignon, un chemisier rose rentré dans un pantalon gris, une tenue de travail décontractée – elle s'habillait comme ça pour aller au bureau tous les jours. Elle avait un bon travail chez un gestionnaire de propriétés, et d'un coup, cela m'énerva qu'elle ne se soucie pas de payer le loyer tous les mois. Je devais vérifier mon compte pour voir combien elle me devait jusqu'à maintenant, en estimant que ce serait une somme rondelette.

« Qu'est-ce qu'il se passe ? » Elle se laissa tomber sur mon lit, puis posa son menton sur ses poings. « Et c'est quoi toutes ces photos dans le salon ? Tu redécores ?

— Elles viennent de mon bureau, au travail. » Je me relevai, traînai des pieds jusque dans ma salle de bain, et ouvris le robinet. « Mon *ancien* travail. Je me suis faite virer aujourd'hui.

— Quoi ? » Son cri vint de l'autre pièce, mais quelques

secondes plus tard elle apparut à côté de moi, agitant une pile d'enveloppes. « Tu ne peux pas perdre ton travail. On a des factures et je suis fauchée. L'électricité, l'eau, internet... » Elle feuilleta les enveloppes, puis tapota celle du haut. « Celle-ci doit être payée la semaine prochaine. Peut-être que tu pourrais simplement t'excuser pour l'erreur que tu as commise.

— Excellente idée. » Je plaçais ma main sur son épaule, puis secouai la tête avec un sourire moqueur. « Je dirais au patron qu'on a besoin de la fibre. Ça lui donnera envie de me réembaucher tout de suite.

— Au moins, moi, j'essaie de trouver des idées. » Elle posa les mains sur sa poitrine. « Je n'ai pas envie d'être obligée de prendre des douches froides dans le noir parce que tu as tout foiré au travail. Bon, alors, qu'est-ce que tu as fait de mal ? »

L'irritation m'envahit. C'était tellement typique de Mary Ann. Tout ce à quoi elle pouvait penser était comment ma piteuse situation l'affecterait.

« Merci pour la foi que tu as en moi, mais je n'ai rien foiré du tout. » Je fis couler du savon liquide sur mes doigts, puis les frottai ensemble sous l'eau chaude. « La compagnie fait des coupes dans le budget, alors j'ai été remerciée. »

Elle me fixa, les yeux écarquillés. « Qu'est-ce que tu vas faire ? »

Ah. La question qui m'avait stressée depuis que Kaitlin m'avait donné la mauvaise nouvelle. « Je n'en ai aucune idée », lâchai-je, en éteignant l'eau et en séchant mes mains sur une serviette.

« Je suis sûre que tu trouveras quelque chose. » Elle me suivit jusqu'à ma chambre, s'affala sur mon lit, puis sourit. «

Au moins, tu as un rendez-vous galant ce soir. Ça devrait être une distraction sympa. Hein ? »

Je grognai. « J'avais complètement oublié Trenton. »

Mais je me rappelais tout à fait du baiser de Greg. La sensation de ses bras autour de moi, sa bouche ravageant la mienne. J'en eus des frissons. Peu importait à quel point je luttais contre mon attirance, il n'y avait qu'un seul homme qui m'intéressait. La pensée de sortir avec un autre homme me paraissait une mauvaise idée. « Je vais annuler mon rendez-vous. »

Elle me regarda d'un air entendu. « Parce que tu en pinces pour Greg. C'est quand même une bonne distraction. Quand est-ce que tu vas enfin arrêter de tout suranalyser et foncer ?

— Jamais », dis-je, mais mon rythme cardiaque monta d'un cran rien qu'en y pensant. « J'ai besoin d'une paie, pas d'une distraction. Ça doit être marrant de vivre une vie sans soucis comme la tienne. »

Elle haussa les épaules, puis se redressa. « C'est vendredi soir. Liam m'amène à ce nouveau club qui vient d'ouvrir. Et oui, il a vraiment réussi à atteindre le deuxième rendez-vous. J'admets que ça a quelque chose à voir avec son bouc.

— Passe une bonne soirée, alors. » Je me laissai tomber sur la chaise de mon bureau. Super. Mary Ann serait dehors, à se déchaîner sur la piste de danse, pendant que je me démènerais pour inventer un logo créatif. Comme toujours, je choisissais d'agir de manière responsable alors qu'elle pouvait agir selon ses caprices. Cela ne me fit pas vraiment chaud au cœur.

Mary Ann hésita sur le pas de ma porte, me regardant

de haut en bas. « Tu as vraiment l'air déprimée, Ginger. »

Je fronçai les sourcils. « Ah ouais, tu crois ?

— Je voulais pas dire ça comme ça. » Elle roula des yeux, puis posa sa main contre sa hanche. « Viens danser avec Liam et moi ce soir. C'est sûr que ça va te sortir de ton marasme. »

Super idée, en théorie, mais j'avais du pain sur la planche. En plus, danser ne ferait que me rappeler Greg, de toute façon.

Je désignai d'un geste mes dessins. « Merci pour ton offre, mais j'ai un projet sur lequel je travaille. Amuse-toi bien, par contre.

— Je serai là pendant encore quelques heures si tu changes d'avis », dit-elle, puis elle s'en alla. Son invitation me touchait vraiment. Je ne pouvais peut-être pas compter sur elle, mais elle essayait de prendre soin de moi à sa façon, et c'était quelque chose que j'adorais chez elle.

Je jetai un œil à l'horloge. Cinq heures et demie. Vu que Trenton était censé venir me chercher à sept heures, il fallait que je l'appelle bientôt. En respirant profondément, je composai son numéro de téléphone. Annuler notre rendez-vous fut tout à fait gênant, mais j'y parvins non sans mal. Il mentionna son ex une nouvelle fois, ce qui confirma qu'il pensait probablement à elle autant que je pensais à Greg. Mais il essayait d'être rationnel à ce propos. Tout comme moi.

Quel dommage que nous ayons tous les deux l'air si malheureux.

Peut-être que je devrais écouter Mary Ann, arrêter de trop penser, et foncer avec Greg. Elle faisait fi de la prudence tout le temps et elle était au summum du bonheur. L'idée me séduisait, mais la raison prit le dessus. Je n'avais pas de travail. Mon gagne-pain dépendait de cet article de magazine qui attirerait les clients. Je devais aller dans l'appartement du dessus et décorer, mais ce serait hyper-inconfortable en considérant le fiasco que j'avais créé plus tôt en embrassant Greg.

Puis une pensée terrible s'immisça dans mon cerveau. Greg était un docteur incroyablement sexy avec une super personnalité, en plus de ça. Et s'il demandait à quelqu'un d'autre de sortir ce soir ? Et si elle se pointait chez lui pendant que je peignais ?

L'idée me fit mal au ventre.

Mais je n'avais pas le choix. Il fallait que j'impressionne Jenna comme jamais auparavant. En grinçant des dents, je récupérai mon téléphone et écrivis un message à Greg : *Ça t'embête si je viens pour peindre ? Si tu n'es pas chez toi, j'ai ta clé.*

Je fermai les yeux et retins mon souffle. Il était probablement en train de sortir avec une magnifique femme-médecin qu'il avait rencontrée au travail, qui était salariée, et avait hâte de pondre une douzaine de ses bébés. Je me demandais si Le Capitaine l'aimerait bien...

Bip bip !

En ouvrant un œil, je glissai mon doigt le long de l'écran : *Pas de problème. Je suis là et la porte est ouverte.*

Je laissai sortir le souffle que j'avais retenu, puis répondit : *Merci. J'arrive tout de suite.*

J'attachai mes longs cheveux en queue de cheval, puis me changeai pour mettre mes habits de peinture – un débardeur blanc et un vieux pantalon de yoga noir. Puis une terrible pensée me vint à l'esprit. Ce n'était pas parce que Greg était chez lui que ça voulait dire qu'il était seul.

CHAPITRE SIX

Dix minutes plus tard, je montais péniblement jusqu'à l'appartement de Greg. Quelles étaient les chances qu'un magnifique docteur célibataire serait *seul* chez lui un vendredi soir ? Oh, elles étaient si minces. Le voir avec une autre femme serait de la torture. Pourquoi est-ce que Greg avait gagné mon offre aux enchères ? L'Univers me faisait-il une blague tordue ?

Au moins, Greg était plus calme que mon ancien voisin du dessus. J'imagine que ça devrait compter pour quelque chose.

Je m'avançai sur le paillasson « bienvenue » que j'avais choisi – un superbe rectangle marron camel en paille avec une écriture chocolat et des feuilles de laurier vertes qui me faisaient penser à Greg. À vrai dire, les feuilles me rappelaient un rêve que j'avais fait, où nous courions ensemble sur un chemin de forêt au coucher du soleil, souriants et heureux. Clairement, le tapis représentait mon incapacité à accepter ce qui était sain pour moi.

Greg avait dit que la porte était ouverte, mais je toquai

quand même. Avais-je vraiment envie de rentrer chez lui et de le voir sur le canapé, en train de câliner une femme inconnue ? Euh, non.

La porte d'entrée s'ouvrit et il était là, tellement sexy dans un short de sport gris et un t-shirt à manches courtes. Pas vraiment des vêtements pour un rendez-vous. Peut-être qu'il avait fait du sport ? Seul, avec un peu de chance...

Respirant profondément, je me forçai à sourire. « Salut.

— Salut toi-même. » Il tint la porte ouverte en grand, pour que je puisse me glisser derrière lui. « La porte était ouverte.

— Ah oui ? » J'utilisai mon ton le plus innocent alors que j'entrais sans me presser chez lui, et qu'il fermait la porte derrière moi. Je parcourus son salon du regard, à la recherche de n'importe quel signe de rendez-vous. Pas de veste de femme suspendue sur le porte-manteau vintage que j'avais amené hier. Pas de verre de vin taché de rouge à lèvres. Pas de parfum enivrant. Et, le plus important, pas de femme. « Tu es seul ? » demandai-je finalement, le suspense me torturant.

« Non. » Il fit un sourire en coin, ma question semblant le ravir. « Le Capitaine est là. »

Wow. Seulement Le Capitaine. C'était un poids en moins. Même si Greg méritait de se trouver une gentille femme avec laquelle se caser, je n'avais pas besoin d'y assister.

Comme s'il avait reconnu son nom, le petit chaton gris entra en dandinant dans le salon, puis frotta son cou contre ma cheville. *Miaou, miaou.*

« Salut toi. » Je me penchai puis le grattai derrière l'oreille. Il fit un ronronnement qui vibra contre ma main, et eut l'air heureux de me voir. « Ah, tu adores ça. Pas vrai ? »

Greg nous regarda un instant, puis glissa ses mains dans ses poches. « Tu veux un verre de vin ?

— Non, merci. » Je me redressai, caressant l'adorable chaton qui continuait à enfouir sa douce joue contre le dos de ma main. « Après la journée que j'ai passé, ça pourrait très bien me faire dormir. »

Il fronça les sourcils. « Tout va bien ?

— J'ai été virée », lâchai-je avant d'avoir le temps de penser à garder une information si personnelle pour moi. Peu m'importait. C'est pas comme si m'être faite virer était un grand secret, de toute façon.

« Oh, non. » Il vint vers moi, prit ma main, et la tint dans la sienne. « Qu'est-ce qu'il s'est passé ?

— Licenciée, en fait. Une baisse de budgets, je pense. » Des papillons dansaient dans mon ventre en sentant sa peau contre la mienne, réduisant doucement l'horreur d'avoir perdu mon travail. Son pouce caressa le dos de ma main, des picotements fusèrent le long de mes bras, et mon souffle resta bloqué dans ma gorge. « Ils ont fusionné mon poste avec celui de quelqu'un d'autre.

— Je suis désolé. » Il me regarda, l'air inquiet. Puis il haussa les sourcils, et désigna d'un geste la cuisine. « Tu es sûre que tu ne veux pas ce verre de vin ? »

Des alarmes explosèrent dans ma tête. Mon regard se dirigea vers le sien, et je réfléchis. Est-ce que boire était sa manière de gérer le stress ? Avait-il des bouteilles de scotch sous la main pour survivre à son travail exigeant ? Ou étais-je complètement parano ? Il y avait tant de possibilités et, malheureusement, aucune d'entre elles n'étaient des balises lumineuses et brillantes.

Je secouai la tête. « Merci pour ton offre, mais j'ai une tonne de peinture à appliquer. » J'enlevai ma main de la sienne, et la chaleur de son toucher me manqua immédiatement. « Je ferais mieux de commencer. Je suis déjà très en retard. »

Le creux entre ses sourcils s'approfondit. « Dis-moi si je peux faire quoi que ce soit pour toi. »

Je hochai la tête, descendis le couloir, déposant Le Capitaine sur le tapis en-dehors de la porte de la salle de bain. « Je vais commencer à préparer la peinture », hélai-je, puis j'entrai dans la salle de bain. Quand j'allumai la lumière, mon regard parcourut la pièce, et ma bouche s'ouvrit grand. « Qu'est-ce que... »

Quand j'étais partie plus tôt aujourd'hui, la salle de bain était d'un blanc classique. Maintenant, chaque centimètre était couvert de la belle peinture vert olive que j'avais laissée ici.

« Surprise. » Greg s'adossa au chambranle, regardant mon expression ébahie avec un air de satisfaction illuminant son visage.

Je dus me battre pour fermer la bouche, qui était aussi lourde qu'un caillou de dix tonnes. « Tu as peint ça toi-même ?

— Ouaip. » Il croisa les chevilles. « C'était pour me distraire de la douleur de ton rejet de tout à l'heure. »

Je faillis avouer que je ressentais, moi aussi, la douleur de mon rejet de tout à l'heure. C'était encore le cas.

« Greg, je... » Je serrai le ventre, abasourdie. Je n'arrivais pas à croire qu'il ait pris le temps de faire mon travail à ma place. « Je ne sais pas quoi dire. »

Il secoua la tête, le coin de sa bouche se relevant. « Et tu n'as pas encore vu l'autre salle de bain. »

Je le fixai pendant un moment, puis me dirigeai vers la chambre principale, puis dans la salle de bain principale. Du vert olive. Dans toute la pièce. Incroyable. Je l'entendis arriver derrière moi et me retournai. « Pourquoi est-ce que tu as peint les salles de bain toi-même ?

— Pour te rendre heureuse. » Il inclina la tête, me jetant un regard de côté qui envoya une vague de frissons dans mon corps. « J'aimerais pouvoir mettre ton regard en bouteille. J'adorerais voir ce sourire tous les jours. »

Je secouai la tête, incapable de croire à ce qu'il avait fait. Pour moi. Surtout en sachant qu'il pensait que j'allais sortir avec un autre mec ce soir. Ça n'avait aucun sens. « Tu es fou.

— Ça doit être ça. » Il se recula, un creux apparaissant entre ses sourcils. « Qu'est-ce qui est arrivé à ton rendez-vous de ce soir ? »

Je m'appuyai contre le comptoir, puis détournai le regard. « Je l'ai annulé. »

Il s'arrêta devant moi, soulevant mon menton jusqu'à ce que nos regards se rencontrent. « Pourquoi ? »

En le fixant, avec seulement quelques centimètres nous séparant, je dis : « Ça ne me semblait pas bien. J'étais mal à l'aise, alors je n'ai pas eu envie de le mener en bateau. »

Il effleura ma mâchoire du bout des doigts. « Aucun homme ne pourrait t'accuser de le mener en bateau.

— Je n'en suis pas si sûre », murmurai-je. Après tout, je l'avais embrassé cet après-midi, et c'était plus ou moins la seule chose que j'avais envie de faire à cet instant précis.

Son regard fixa mes lèvres, comme s'il pensait à la même chose que moi. Sa bouche était à quelques centimètres de la mienne et une force invisible m'attira, m'entraînant vers lui. Incapable de résister, je me penchai en avant, effaçant la distance entre nous.

Dès le moment où ma bouche rencontra la sienne, mon cœur s'accéléra, et mes inquiétudes disparurent. Tout ce qui restait dans l'air était Greg et moi, à cet instant. Des murs vert olive se refermèrent sur moi, m'accueillant comme des bras confortables, et le monde fut plus chaud. Plus entier. Quand il ouvrit la bouche, sa langue goûta la mienne, et des éclairs électriques me parcoururent. Oh-la-la... La seule chose à laquelle je pouvais penser était que j'en voulais *plus*.

Nos bouches se mélangèrent dans des baisers profonds et sans fin, et les endorphines couraient en moi comme elles le faisaient pendant un long jogging au coucher du soleil. Mes doigts glissèrent le long de ses épaules musclées, remontèrent son cou, puis caressèrent ses cheveux doux, et je le rapprochai encore plus de moi – incapable d'en avoir assez. Mes jambes se firent cotonneuses, mais Greg me tenait fort contre lui. Il déposa de doux baisers le long de ma mâchoire, puis marqua une pause près de mon oreille, et murmura « Mon rayon de soleil... »

Des picotements me parcoururent. La connexion entre nous empoignait chaque cellule de mon corps. Je respirai son odeur, du savon frais mélangé à des vapeurs de peinture. Soudain, l'odeur de peinture forte m'arracha à mon goût de paradis, me ramenant au stress des factures, à la nécessité de trouver une rentrée d'argent, et à tout ce qui avait trait à ce projet de décoration. Et, bien sûr, ma certitude que Greg et moi ne pourrions jamais être ensemble.

Je m'inclinai en arrière, étourdie, et clignai des yeux en le regardant.

Respirant difficilement, il effleura mes joues du bout des doigts, puis posa son front sur le mien. « Rappelle-moi de peindre pour toi plus souvent. »

J'avais envie de sourire, mais la pression montait en moi, et je me sentais comme un volcan prêt à entrer en éruption. « C'était vraiment adorable de ta part, mais il faut que je continue à travailler. J'ai beaucoup de choses à faire. Si cet article ne marche pas, si je n'ai pas la publicité nécessaire pour mon entreprise… Je ne sais pas ce que je ferais.

— Alors, on a qu'à s'y mettre. » Il pressa sa bouche contre ma tempe, puis entrelaça ses doigts aux miens et me mena jusqu'au couloir. « Quelle est la suite du programme ? »

Me mordant la lèvre, je devais admettre que l'offre était tentante. « Aller acheter des meubles. Mais tu ne comprends pas comment ça fonctionne. Tu es le client, donc c'est moi qui suis censée travailler, pas toi. »

Au lieu de céder, il esquissa un sourire. « On sait tous les deux que c'est de bon ton de rendre le client heureux. Ce qui me rend heureux, c'est d'être avec toi. On dirait que tu ne vas pas pouvoir te débarrasser de moi. »

Oh-la-la. Il allait me battre à ce petit jeu en utilisant la règle plus basique du service client.

« Le client est roi. » Je lâchai prise, puis jetai un coup d'œil à mes habits tachés de peinture. « Mais il faut d'abord que je me change.

— J'approuve. » Il ouvrit la porte mais, avant que je

puisse me glisser dehors, il attrapa mon visage dans ses mains et m'embrassa jusqu'à ce que mes genoux se transforment en nouilles. Une fois. Deux fois. Trois fois. « Je serai en bas pour te récupérer dans un instant. »

Je relevai les cils, me sentant étourdie. « D'accord. »

Alors que je me pressais en descendant les escaliers, il fallait que je tienne la rampe pour rester droite. Je savais que j'avais encore fait une gaffe en embrassant Greg. Et j'aurais dû être plus ferme et ne pas le laisser venir acheter des meubles avec moi. J'étais vraiment consciente de ça. Mais, à ce moment-là, je me sentais tellement fantastique que ça ne m'importait pas.

Alors que je passai mon pinceau sur le mur du salon de Greg le dimanche après-midi, j'eus envie de me pincer pour m'assurer que j'étais bien éveillée. J'avais toujours dit et maintenu que l'aide était surfaite. Mais, après ce weekend, j'avais désormais une nouvelle perspective à ce sujet.

Avec Greg, tout ce que je devais terminer pour l'appartement avait été accompli plus vite et tout avait été plus drôle. Repenser à notre guerre sur le choix du nouveau canapé et de la causeuse me fit palpiter le ventre. J'avais pris avec moi une liste d'options de canapés au magasin de meubles qui fonctionneraient visuellement avec l'espace, mais il refusait catégoriquement d'écouter mes recherches basées sur les commentaires de clients. Au lieu de cela, il avait rebondi de canapé en canapé, en insistant pour choisir celui sur lequel il pouvait bien s'imaginer « regarder un film de Ben Stiller. »

Tellement *pas* rationnel.

Mais Greg avait gagné la discussion – il était le client, après tout – et j'avais d'une manière ou d'une autre promis de regarder avec lui un film appelé *Zoolander*, même si je n'avais pas encore lu les critiques. Pour ma défense, ses délicieux baisers m'avaient encore ramolli le cerveau.

Le retour de ma muse hier soir fut une autre révélation excitante. Pour mon logo, j'avais dessiné une chaise blanche, simple et ancienne avec un pinceau planant sur le coussin, rendant le meuble rouge, comme une baguette magique. Une éclaboussure de poussière d'ange explosait autour des taches de peinture, complétant le logo. J'avais aussi acheté le nom de domaine pour mon futur site internet, y avait attribué une adresse mail, et imprimé cinq-cents cartes de visite. Rien ne pouvait m'arrêter, à présent.

Bip bip !

« Ton téléphone est en train de sonner dans le bureau. » Greg entra depuis le couloir, puis attrapa un pinceau pour m'aider.

« Merci. » J'envisageai d'ignorer l'appel, mais descendis de l'échelle et me pressai vers le bureau. Je n'avais pas envie d'inquiéter mes amies en ne répondant pas. J'avais déjà reçu des appels de la part de Jill, Kaitlin, Rach, Ellen, Kristen, et un tas d'autres voulant s'assurer que je ne déprimais pas trop après que Woodward Systems Corporation m'eut donné les papiers du licenciement. Qui restait-il pour m'appeler maintenant ? La nouvelle équipe de nettoyage ?

L'écran de mon téléphone montra quatre nouveaux messages de Mary Ann, un appel manqué de ma mère, et un autre appel manqué d'un numéro de Sacramento que je ne reconnus pas. Je lus mes textos en premier.

Mary Ann : *Tu sais pourquoi tu t'es faite virer ? Au fait, c'était pas top secret, pas vrai ?*

Mary Ann : *Maman flippe un peu. Il faut que tu l'appelles et que tu la rassures en lui disant que tu as un plan. Tu as bien un plan, pas vrai ? On a besoin de quelque chose, et ça s'appelle l'argent.*

Mary Ann : *Est-ce que tu m'ignores ? Je commence à avoir cette impression. Alors, j'ai peut-être dit à Maman, Papa, Liam et le mec qui arrose les plantes en face de chez nous que tu t'es faite virer, mais c'est juste parce que je n'ai personne d'autre à qui en parler. Pourquoi tu m'appelles pas ? Je suis tellement contrariée que j'ai presque annulé mon soin du visage.*

Mary Ann : *Ne dirige pas ta colère contre moi. C'est ton patron le fautif. Pas moi. Pigé ?*

Je contractai la mâchoire. Incroyable. Pourquoi est-ce que Mary Ann n'avait-elle pas diffusé l'histoire de mon licenciement au journal télévisé, tant qu'elle y était ? Et comment pouvait-elle avoir de l'argent pour un soin du visage, mais pas pour le loyer ? Tellement pas logique. Je veux dire, moi aussi, j'aurais bien besoin d'un soin du visage là, maintenant, tout de suite. Sans parler d'une manucure. La peinture, ça ravageait vraiment les ongles.

Je pianotai sur l'icône de la messagerie vocale, puis composai mon mot de passe : *Ginger, c'est ta mère. Mary Ann m'a dit que tu avais été licenciée vendredi et nous sommes déçus que tu ne nous ai pas appelés tout de suite et que nous ayons dû l'apprendre par ta sœur, qui est complètement affolée. Tu sais à quel point elle est sensible. J'ai parcouru les offres d'emploi dans le journal et tu seras contente de savoir qu'il y a des opportunités pour une manager de bureau. Avec ton diplôme et ton expérience, tu es une candidate tout à fait qualifiée. On enverra ton CV lundi en croisant les doigts pour qu'ils ne posent pas trop de questions sur la raison pour laquelle on t'a laissée partir. J'espère que cela n'avait rien à voir avec le nouveau procédé de signature pour les fournitures de bureau dont tu t'es plainte auprès de moi plus tôt dans la semaine. Tu sais, il y a une raison logique derrière chaque décision commerciale. Quoi qu'il en soit, les revers ne sont que des tremplins – tant que tu ne lambines pas et que tu postules à un nouvel emploi tout de suite. Appelle-moi quand tu auras écouté ce message. Au revoir.*

Mon front palpitait et je supprimai le message, souhaitant pouvoir l'effacer de ma mémoire tout aussi facilement. Elle avait le culot de venir me parler à propos de postes de manager de bureau ? Est-ce que cette femme se rappelait à quel point je m'ennuyais dans ce travail ? Voulait-elle vraiment me voir malheureuse et comateuse, comme avant ?

Ensuite, une voix monotone annonça que j'avais un nouveau message : *Salut, Ginger. C'est Liam, l'ami de Mary Ann. Enfin, plus qu'un ami. Je lui ai proposé un troisième rendez-vous, et elle a pas vraiment dit oui. Même si on a passé une super soirée à danser vendredi, elle a dit qu'elle devait réfléchir à un troisième rendez-vous. Quelque chose à propos de règles et de faux pas. J'ai pas bien compris. Bref, elle s'inquiète parce qu'elle croit que tu es énervée contre elle, alors elle serait contente que tu l'appelles. Aussi, si tu voulais bien lui parler en bien de moi, j'apprécierais. J'ai des billets pour un train des vins à Napa et je sais qu'on s'amuserait bien. Allez, à plus.*

J'appuyai sur le bouton supprimer de mon téléphone. Pourquoi est-ce que tout le monde s'inquiétait à propos de ma pipelette de sœur et voulait la réconforter ? J'étais celle qui s'était faite virer après tout, pas elle. Je ne pourrais jamais payer le loyer, la part de Mary Ann et la mienne, sans salaire. Mon indemnité et mes congés ne dureraient qu'un mois. Après ça, on serait dans la panade. Sauf si je réussissais ce projet et obtenais quelques clients. Quelle pression.

Chaque muscle de mon corps se tendit. Je posai mon téléphone sur le coffre en bois à côté de la statue du chaton, en prenant des respirations censées me calmer, mais qui n'en faisaient rien. J'appellerai Mary Ann plus tard. Surtout pas maintenant, ou je m'énerverais sûrement contre elle, ce qui annulerait les bienfaits relaxants de son soin du visage.

Mon regard tomba sur la photo encadrée posée sur le coffre en bois de Greg, entre le chaton en bronze et la lampe. L'homme sur la photo était très beau, et un petit garçon était assis sur ses genoux. Sur la photo, il regardait l'enfant avec des sourcils haussés et sa main était figée sur son ventre, comme s'il était en train de le chatouiller quand la photo avait été prise. Le garçon aux yeux amande avait un regard lumineux, et un immense sourire sans dents. Greg.

Ma poitrine se réchauffa. Je glissai mes doigts sur son adorable visage d'enfant. Il avait une bouche pleine de dents droites et blanches à présent, mais son sourire n'avait pas changé. Je me surpris à souhaiter l'avoir connu étant enfant. Je parie qu'il était tout aussi mignon...

« Tout va bien ? » La voix de Greg fit écho derrière moi.

Je sursautai, surprise, puis posai ma main sur mon cœur battant la chamade. « Je ne t'ai pas entendu rentrer.

— Désolé. » Il se rapprocha, frottant une tache de peinture humide sur son bras, et l'étala. « Tu es partie pendant longtemps. Je voulais juste m'assurer que tout allait bien.

— Je vais bien. » Je reposai le cadre sur le meuble, gênée

d'avoir été surprise en train de fixer sa photo d'enfance. Mon regard s'arrêta sur le sien. « C'est ton père ?

— Oui. » Quelque chose passa dans ses yeux, mais je n'étais pas sûre de ce que c'était. « Tu as les joues rougies. Tu es contrariée ?

— Oui. Non. » Je secouai la tête, essayant de décider si je devais lui raconter ou non. « J'ai reçu quatre textos de Mary Ann. Elle a dit à tout le monde, dont ma mère, que j'ai perdu mon travail. Maintenant, ma mère me harcèle pour que je trouve un nouvel emploi dans un bureau, ce que je n'ai pas envie de faire. Comme si je n'avais pas assez de problèmes en ce moment. »

Il m'attrapa la main. « Je peux t'aider ? »

Je le fixai. Ses yeux doux s'accrochèrent à quelque chose en moi. Une partie de moi voulait croire en lui, mais quel était l'intérêt ? Il serait toujours ce médecin urgentiste, stressé et occupé, qui voudrait des enfants un jour. On était pas faits pour être ensemble.

Je déglutis, détournant le regard. « Je devrais me remettre au travail...

— Ginger. » Il souleva mon menton, alors je le regardais. « Parle-moi. Je suis là pour toi. »

Ouais, pour l'instant. Mais je connaissais déjà la chanson, pour plus tard. De longues heures de travail. Des promesses brisées.

Je fermai les yeux. « Il faut qu'on arrête ça. Nous. Ça n'a aucun sens.

— Ça a beaucoup de sens. » Ses yeux se firent de braise, ses doigts effleurèrent ma joue, laissant un sillage de picotements le long de ma peau. « Une *vie entière* de sens, Ginger.

Depuis le soir où on s'est rencontrés, je n'ai pas arrêté de penser à toi. »

Je clignai des yeux. « Moi non plus, je n'ai pas arrêté de penser à toi. »

Sa bouche attrapa la mienne dans un baiser chaud et doux, comme pour confirmer ce que nous venions tous deux d'admettre. Puis il se recula. « Tu m'as dit que tu ne faisais pas dans les relations longue distance, mais j'ai bien senti qu'il y avait quelque chose d'autre. Je suis là maintenant, et tu continues à me repousser. Pourquoi ? »

Ma gorge se noua. Je regardai la photo de son père et lui, pensai à sa mère qui réagençait sa cuisine comme cadeau de crémaillère, puis secouai la tête. « Je n'ai pas grandi dans une famille parfaite comme la tienne. »

Sa mâchoire se crispa. « Qu'est-ce que tu veux dire ?

— Mon père était médecin urgentiste », lâchai-je. D'un coup, une chaîne en moi se brisa, et les mots commencèrent à sortir en rafale. « Il travaillait pendant de longues heures. Nous le voyions à peine. Et quand on le voyait... Il était dur, et triste, et malheureux. » Ma gorge se serra davantage. Je me battais contre mes yeux brûlants mais une larme chaude s'échappa, roulant le long de ma joue. « Perdre des patients a déchiré mon père de l'intérieur. Au début, il parlait de ses pertes avec ma mère, mais ensuite il s'est tourné vers l'alcool. Le scotch.

— Ginger... » Il essuya ma joue du dos de la main. « Je suis désolé pour ton père. Et pour toi. Mais je ne suis pas comme lui.

— Pas encore. » Je serrai les dents. « Il a changé de carrière, s'est fait muter dans l'administration hospitalière, mais les souvenirs le hantent. Tout comme la bouteille. Il a promis d'aller en cure plein de fois, mais il ne s'y tient jamais. »

Ses yeux brillèrent d'une lueur de compréhension. « La tableau dans ton salon. C'est lui qui a brisé la promesse qu'il t'avait faite. »

Ma mâchoire en tomba presque. « Je ne peux pas croire que tu te rappelles que j'aie dit ça.

— Mon rayon de soleil, quand vas-tu enfin réaliser que j'écoute tout ce que tu dis ? » Il pressa ma main, puis se yeux se voilèrent. « Je n'ai pas eu l'enfance que tu sembles croire. »

Je regardai la parfaite photo père-fils, puis écarquillai les yeux. « Qu'est-ce que tu veux dire ? »

Les muscles de son visage se contractèrent. « Mon père est mort quand j'avais neuf ans. »

L'air quitta mes poumons, et je luttai pour former des mots. « Je-je suis tellement désolée. »

Il hocha doucement la tête. « Il a eu une crise cardiaque, pendant que je jouais au ballon dans notre cour. Ma mère était partie à l'épicerie, alors c'est moi qui l'ai trouvé. »

Mon estomac se noua. « Ça a dû être affreux. »

L'émotion inonda ses yeux marron. « Je ne connaissais pas la réanimation cardio-pulmonaire, alors je me suis senti coupable. Ça m'a pris longtemps avant d'accepter que je n'aurais rien pu y faire. » Sa tempe se contracta, et il lâcha un soupir – presque comme s'il revivait la scène. « Et puis, tôt un matin, j'ai regardé le lever du soleil. »

Je me tins complètement immobile, médusée. « Que s'est-il passé ?

— L'obscurité s'est effacée, des couleurs sont apparues

dans le ciel, et le soleil s'est levé pour trouver le jour. » Son regard plongea dans le mien. « C'est là que j'ai su que je voulais être docteur. Que chaque homme que je sauverais pourrait être un papa rentrant chez lui voir son fils. »

Mes yeux brûlèrent de ce que je connaissais déjà trop bien. « Tu ne peux pas sauver tout le monde.

— Non. » Il m'attira à lui, jouant avec une mèche perdue de cheveux qui était tombée contre ma joue. « Ce sont les matins où j'ai le plus besoin du lever de soleil, parce qu'il y aura toujours une autre journée. Une autre personne que je peux aider à rentrer chez elle, avec sa famille. »

Je me mordais la lèvre, assemblant les pièces du puzzle. « Tu as raison. Tu n'es pas comme mon père. »

Il secoua la tête. « Je suis là pour toi. Si tu me laisses entrer dans ta vie... »

Mon cœur se serra, la douleur était insupportable. « Merci de t'être tant ouvert à moi. Je suis là pour toi, moi aussi, en tant qu'amie.

— Ginger...

— Je ne veux pas avoir d'enfants », dis-je, laissant enfin éclater la vérité.

Il sembla stupéfait un moment. « J'espère que Le Capitaine ne t'a pas entendu dire ça.

— Je suis sérieuse. » Ma voix se fit d'acier. Il fallait que je sois ferme pour le bien de Greg, pour que je ne le mène pas en bateau. « Je ne suis pas faite pour toi. Je ne veux pas d'enfants. Je ne vais pas rester là et détruire tes rêves. »

Il ne sembla pas impressionné. « Et bien, tu avais tort à propos de mon travail et de mon enfance. Tu as eu tort à propos de beaucoup de choses. Qu'est-ce qui te fait croire que tu n'as pas aussi tort à ce sujet ? »

Je respirai profondément, décidant d'être complètement honnête. « L'idée d'avoir la responsabilité d'un enfant me terrifie. Je peux à peine prendre soin de moi.

— Peut-être que la vie ne serait pas si dure si tu arrêtais d'essayer de prendre soin des autres. »

Il releva son visage, sa voix s'adoucissant. « Ou encore si tu laissais les gens t'aider. Comme moi. J'ai presque dû te forcer à me laisser peindre mon propre appartement. Les gens s'entraident, et peut-être que tu n'es pas habituée à ça. Mais c'est ce que font les gens quand ils se soucient les uns des autres. »

Je le regardai dans les yeux. « Je ne pourrai jamais te donner la vie que tu veux, et tu mérites de tout avoir. J'espère qu'on pourra quand même être amis, mais je ne vais plus me disputer à propos de ça. Ma décision est définitive. »

De la douleur apparut sur son visage, puis ses traits se firent plus durs. « Tu ne peux pas me repousser indéfiniment, un jour je ne reviendrai pas. »

Ma poitrine se creusa. « De toute évidence, peindre l'appartement ensemble ne va pas rendre les choses faciles. Je reviendrai demain et je terminerai. Toute seule.

— C'est toi la patronne. » Il m'accompagna jusqu'à la porte, l'ouvrit pour que je sorte, puis il hésita. « Bien sûr, je serai ton ami. Je suis toujours là pour toi, si tu as besoin de moi.

— Moi aussi. » Ses mots étaient réconfortants, mais ses yeux étaient froids et distants. « Bonne nuit, Greg.

— Bonne nuit, Ginger », répondit-il, puis il ferma la porte.

De la douleur s'infiltra en moi, me brûlant la poitrine. Soudain, je me sentis très seule, ce qui était ce que je voulais depuis le début. N'avoir à prendre soin que de moi, et de personne d'autre. Mais à présent, je ne me sentais pas libre – je sentais que j'avais perdu quelque chose de précieux.

Ou plutôt *quelqu'un* de précieux.

CHAPITRE SEPT

En quittant l'appartement de Greg, je savais que les choses s'étaient terminées de la seule manière possible, mais j'avais l'impression que mon cœur avait été arraché de ma poitrine, et je ne pensais vraiment pas pouvoir me sentir pire que ça. J'avais tort.

Dès que j'entrai dans mon appartement, je vis ma mère assise sur le canapé à côté de Mary Ann.

Ma mère se leva. « Et bien, tu es là. J'imagine que ton téléphone est cassé, ou qu'on te l'a volé. Au moins, j'espère que tu as une bonne raison pour ne pas avoir rappelé ta propre mère qui était morte d'inquiétude à ton sujet.

— On s'est inquiétées *toutes les deux*. » Mary Ann fit sa fameuse moue, et croisa les bras. « Tu n'as pas reçu mes textos ?

— Si. » J'avais bien lu ses textos, puis Greg s'était ouvert à moi à propos de son père. Ses mots se répétaient en boucle dans ma tête, m'étourdissant. J'avais dû le repousser, mais ça ne rendait pas le fait de le perdre facile. Loin de là.

La nausée m'assaillit et j'attrapai l'arrière du canapé pour rester droite. « J'étais en train de travailler en haut. »

Maman pinça les lèvres. « Travailler sur quoi ?

— Je t'ai raconté le projet de Ginger, quand on est allées acheter du tissu ce matin pour ce dessus de lit que tu es en train de faire. » Mary Ann s'assit sur ses pieds, puis me fixa avec un air d'effroi simulé. « Si je dois regarder un autre rouleau à motifs floraux, il n'est pas complètement exclu que je le brûle.

— Le projet de charité. » Maman claqua des doigts. « On t'a interviewée à propos de l'appartement que tu rénoves. C'est ça ? »

Je fronçai les sourcils, confuse. Elle avait vraiment l'air contente pour moi, et je savais que c'était impossible. Un métier dans l'art n'était pas synonyme de stabilité. J'avais entendu ces mots sortir de sa bouche un million de fois.

« J'étais en train de peindre les murs du salon avec du *urban café*, c'est un beige basique que j'utilise dans tout l'appartement. » Je lâchai mon sac à main sur la table du salon, puis me rapprochai d'elle, stupéfaite qu'elle s'intéresse à ma vie créative pour la toute première fois. « Ce week-end, j'ai choisi des meubles avec mon client, qui seront livrés demain. Maintenant, je dois juste terminer la peinture pour y ajouter une dernière touche de couleur.

— Ça a l'air merveilleux, ma chérie. » La bouche de maman s'élargit en un sourire, et elle se retourna vers Mary Ann. « Elle n'a pas l'air d'être à deux doigts de perdre la boule. »

Mary Ann ricana. « Tu l'as pas vue vendredi.

— Vous pouvez arrêter de vous inquiéter, parce que je

vais bien. » Je levai les mains au ciel. « Personne ne va rien perdre du tout. »

Sauf que j'avais perdu Greg. Par choix, pour son bien. Argh. Je secouai la tête, consciente que mes raisons ne rendaient pas les choses faciles. J'avais besoin de penser à des choses agréables. « Vous voulez voir la peinture sur laquelle je travaille pour le projet ?

— J'peux pas. » Mary Ann sauta en-dehors du canapé. « J'ai rendez-vous avec un bain moussant. Contente de voir que tu es en vie. Appelle-moi la prochaine fois. »

Je la regardai détaler, puis désignai ma chambre d'un geste et ma mère m'y suivit. Nous nous arrêtâmes à côté du travail en cours sur mon chevalet. « C'est pas encore terminé, mais ça ira dans le salon de mon client. Qu'est-ce que tu en penses ?

— C'est... coloré. » Maman sourit en regardant ma peinture comme si elle admirait un chiot. « Mais, à vrai dire, je suis venue pour t'aider avec tes CVs. On devrait en envoyer à la première heure demain matin. »

J'ouvris la bouche, horrifiée de réaliser qu'elle parlait encore de ces postes de manager de bureau. « Maman, je ne vais postuler à aucun des boulots dont tu me parles. Je lance ma propre entreprise. La journaliste du *Sacramento Living* est en train d'écrire un article de six pages sur l'appartement que je décore et elle veut déjà me recommander à ses amies.

— L'art est un bon passe-temps, ma chérie. » Maman pinça les lèvres. « Mais tu as besoin d'un vrai travail avec un salaire fixe. »

Mon sang ne fit qu'un tour. « La décoration va être mon travail. Mon client adore ce que je fais. La femme qui s'occupe de la communication aussi. Elle a dit que j'avais une touche exceptionnelle. Je vais me lancer là-dedans maman, que tu approuves ou non. »

Même si ma voix était ferme, je sentis mon ventre se liquéfier. Je n'avais jamais parlé à ma mère sur ce ton, auparavant. Si je l'avais fait, je n'aurais jamais décroché ce diplôme en business. Je soupirai.

« Je vois que tu es déterminée. » Son front se rida, comme cela arrivait quand elle réfléchissait profondément. « Le bon choix serait de postuler aux emplois stables que je t'ai dégotés, tout en te préparant à cet article de magazine. Comme ça, tu exploreras toutes les possibilités au cas où quelque chose ne se passerait pas bien. »

En effet, son raisonnement était logique. « C'est pas bête. Je pourrais faire ça. »

Ensuite, elle s'approcha de mon chevalet, étudiant mes traits de peinture brillante. « Tu sais que peindre n'est pas mon fort, mais si tu essaies d'attirer une clientèle large, tu pourrais peut-être utiliser des couleurs plus neutres. »

L'appréhension fit pétiller mon estomac. « Mais la journaliste a adoré le poster encadré du *Vase avec douze tournesols* de Van Gogh que j'ai affiché dans le bureau. »

Maman chassa l'air de la main. « C'est parce que les peintures de Van Gogh sont célèbres. Tu vois ce que je veux dire quand je parle d'attirer une clientèle plus large ? »

Je me mordis la lèvre, hochant doucement la tête. « Je ne veux vraiment pas que son salon soit ennuyeux. Enfin, j'utilise une base beige, mais...

— Les couleurs neutres sont classiques, pas ennuyeuses. » Elle tapota son index contre son menton. « Qu'est-ce que tu penses d'une jolie peinture de paysage ?

Ça plairait sûrement à une majorité de gens. Qu'est-ce que tu en dis ? »

Je pensai immédiatement au paysage campagnard que Rach m'avait montré la semaine dernière chez Laurel Ann. Oui, définitivement classique. « J'ai vu une peinture qui pourrait marcher.

— Ça m'a l'air super. » Elle regarda sa montre. « Il se fait tard. Maintenant que je sais que tu es sur les bons rails, je vais pouvoir dormir un peu ce soir. Souviens-toi, tu as besoin d'un emploi stable et d'une paie tous les mois.

— Ouais », dis-je, complètement épuisée par les événements de la journée. Après avoir raccompagné ma mère à la sortie et fermé la porte d'entrée, je retournai à mon chevalet. Même si cette peinture ne serait pas affichée dans le salon de Greg, je terminerai l'œuvre d'art abstraite pour le plaisir.

Sauf que ma muse était partie en vacances. Une fois de plus.

En finissant par abandonner, je m'effondrai dans le lit, me glissant sous les couvertures. Greg était au travail depuis longtemps maintenant, et je m'inquiétais pour Le Capitaine, qui était tout seul là-haut. Mais ça ne devrait pas être mon problème. C'était le chat de Greg, pas le mien. Malheureusement, ces deux-là étaient tout ce à quoi je pouvais penser.

* * *

Le mardi midi, je montai à l'étage en trottinant pour rejoindre Jenna. C'était tristement ironique qu'elle ait gardé l'heure du déjeuner pour notre rendez-vous puisque je n'avais plus de travail où je devais retourner – elle ne le savait pas, mais quand même.

Quand j'étais allée en haut pour finir de peindre la veille, j'étais arrivée pour trouver le chantier déjà terminé. Même si j'avais blessé Greg, il avait encore envie de m'aider. C'était vraiment un mec super, et je savais qu'un jour, il rendrait une femme vraiment heureuse. J'eus la nausée rien qu'à l'imaginer avec une autre femme.

Optant pour la logique d'une approche qui attirerait l'audience la plus large possible, j'étais retournée chez Laurel Ann hier et avais acheté la peinture du paysage campagnard. J'avais aussi écouté l'avis de ma mère et choisi des couleurs neutres pour les coussins de décoration, le tapis, et des fausses fleurs blanches dans un vase en cristal. Simple et classique. J'avais hâte de voir ce que Jenna en penserait. Ce qu'en pensait Greg, aussi, puisqu'il avait réussi à disparaître pendant que je décorais.

Puisque j'avais terminé les salles de bain le samedi, le seul endroit qui restait à décorer était la chambre principale. Je n'avais pas très hâte de passer du temps dans la chambre de Greg. Ça semblait bien trop personnel, si on considérait l'état actuel de notre relation.

J'atteins le haut des escaliers, respirai profondément, puis levai ma main pour toquer...

« Ginger ! » J'entendis la voix de Jenna derrière moi, et ses talons cliqueter dans les escaliers. « Comment tu vas ? »

Malheureuse. Anxieuse. Seule.

« Bien, merci. » Je me forçai à sourire. « J'ai hâte d'entendre ton avis sur les salles de bain et le salon. »

Elle attrapa la sangle sur son épaule. « J'ai attendu ce moment avec impatience pendant tout le week-end. Tu as amené des cartes de visite ? J'ai une collègue de travail qui cherche à réaménager toute sa maison – 40 mètres carrés – et j'ai fait ton éloge en lui racontant comment tu as décoré le bureau de Greg. »

De l'espoir palpita en moi, et mes yeux s'humidifièrent. Après toutes ces années, mon job de rêve était enfin à portée de main.

« Merci beaucoup. » J'ouvris mon sac à main, en sortit une petite pile de cartes de visite, et les lui tendit. « S'il t'en faut plus, dis-le moi.

— J'adore le design. » Jenna étudia la chaise ancienne et le pinceau magique que ma muse m'avait inspiré, avant de me déserter. « C'est *tellement* toi. »

Je rougis en entendant le compliment, puis frappai à la porte de Greg. Mon estomac se serra, la nausée montant dans ma gorge. Me détestait-il ? Il devait m'aimer au moins un peu, puisqu'il avait terminé de peindre le salon. Enfin, il avait probablement fait ça juste pour être sympa, et il avait bien souligné que c'était son appartement...

La porte s'ouvrit, et il était là, debout, en face de moi. Assez proche pour le toucher. Mais je ne le ferais pas, cette fois.

Ma gorge s'assécha, et je déglutis. « Salut.

— Salut toi-même. » Son ton était agréable, mais il manquait dans ses yeux l'étincelle que je m'étais habituée à voir quand il m'accueillait. « Salut, Jenna. Entrez. »

J'entrai après elle, en attendant que Jenna fasse mon éloge et parle de tous les lecteurs qui adoreraient la pièce. Au lieu de cela, je ne reçus que du silence. Elle tourna autour de la pièce, inspectant le vase, les fleurs, l'œuvre d'art, et tout ce que j'avais choisi. Toujours pas de commentaires. Mes yeux se dirigèrent vers Greg, mais il s'appuya contre le mur, évitant de toute évidence mon regard.

L'angoisse monta en moi jusqu'à ce que je ne puisse plus la supporter. Je m'approchai de Jenna. « Qu'est-ce que tu en penses ? »

Sa bouche s'ouvrit et se ferma, comme un poisson rouge déboussolé. « En tout honnêteté ? Ce n'est pas ce à quoi je m'attendais...

— D'accord. » Je balançai ma tête d'avant en arrière, essayant de deviner si elle disait cela dans le bon ou le mauvais sens. Je joignis les mains. « J'ai voulu attirer une majorité de tes lecteurs, ce qui est la raison pour laquelle j'ai choisi des couleurs neutres, cette fois.

— Oh. » Elle hocha la tête, sa queue de cheval blonde allant de haut en bas, puis elle commença à secouer la tête. « C'est peut-être pour ça que ça me semble aussi... Commun. Je ne sais pas si ça va marcher pour l'article.

— Commun ? » Ma voix s'affaiblit, et mon cœur tomba dans ma poitrine. Il n'y avait aucun moyen de faire ressortir le mot « commun » de manière positive dans une critique. Je le savais bien, parce que j'avais écouté l'opinion des gens toute ma vie durant. Personne ne recevait jamais cinq étoiles pour le mot *commun*. J'aurais peut-être un avis à deux étoiles, avec un peu de chance. La panique bouillonna dans ma poitrine et je n'avais *tellement* pas envie de revenir à un travail de bureau. Jenna n'avait pas fait un geste vers son appareil photo, et je sentais mon travail bien aimé me glisser entre les doigts.

« Pourquoi est-ce que tu ne vas pas voir les salles de bain ? » La voix de Greg sembla sortir de nulle part, et j'avais envie de lui dire de ne surtout *pas* lui en montrer plus jusqu'à ce que je comprenne où je m'étais plantée.

« Ah, oui. » Elle vérifia sa montre comme si elle avait hâte de sortir d'ici.

Dès qu'elle disparut, je jetai un regard furieux à Greg. « Est-ce que tu veux bien arrêter d'essayer de m'aider, s'il te plaît ? Je peux gérer ma propre vie, et tu ne fais qu'empirer les choses. De toute évidence, elle déteste...

— Wow. » La voix aiguë de Jenna vint de la salle de bain du couloir. « C'est *magnifique.* »

Mon estomac remonta dans ma gorge, et je lançai à Greg un regard d'excuse. « Comment tu as su ? »

Greg haussa un sourcil. « Le Capitaine l'a aimé. »

Je m'esclaffai, mais ensuite le coin de sa bouche se releva, ce qui me fit comprendre qu'il plaisantait. Il secoua la tête, puis nous rejoignîmes Jenna, qui prenait des photos du rideau de douche, des serviettes, du tapis et des accessoires. Elle se fit aussi enthousiaste de la photo dans la salle de bain principale. Avant qu'elle ne parte, je lui dis : « J'aimerais refaire le salon pour le rendre moins... Commun. Si tu veux bien me laisser une autre chance.

— Bien sûr. Pas de problème. Je le verrai vendredi en venant prendre des photos de la chambre principale », assura-t-elle.

Dès que Greg eut fermé la porte derrière Jenna, je me laissai tomber sur son nouveau canapé (digne d'un film de Ben Stiller), et enfouit mon visage dans mes mains. « Elle a détesté le salon. »

Greg s'assit de l'autre côté du canapé. « Je ne suis pas surpris qu'elle n'ait pas aimé. »

Je relevai la tête, et le fixai. « Vraiment ? »

Il secoua la tête, posant sa cheville sur son genou opposé. « Le salon, ce n'est pas toi. Ni moi, d'ailleurs. »

J'écartai les bras. « Comment c'est possible ? Je l'ai conçu pour qu'il attire le plus grand nombre. »

Il fronça les sourcils. « Pourquoi est-ce que ce serait ton but ?

— Pour être pragmatique », admis-je, puis je décidai de tout avouer. « J'ai peint quelque chose spécialement pour toi, mais ma mère trouve que la décoration devrait être pensée pour une plus grande audience.

— Je suis touché que tu aies peint quelque chose pour moi. Ta mère est une artiste ? »

Je plaçai une main sur mon front. « Non, elle a un diplôme en commerce et travaille dans le service comptabilité d'une entreprise de vêtements.

— Donc, tu écoutes son avis parce que... ? »

Je haussai les épaules, me sentant vraiment nulle. « C'est ce que j'ai fait pendant toute ma vie. »

Il s'assit vers l'avant, posant ses coudes sur ses genoux. « La manière dont tu décores n'est pas rationnelle. C'est passionné, chaud, et vibrant – comme toi. Peut-être qu'il est temps que tu acceptes que tu es formidable et que tu te défendes. »

Il pensait vraiment tout ça de moi ? Que j'étais formidable ?

Il le pensait vraiment. Je pouvais le voir dans ses yeux. L'entendre dans sa voix. Et soudain, j'étais emplie de confiance en moi. Peut-être que ma manière de décorer et ma personnalité n'étaient pas du goût de tout le monde, mais si mes clients, comme Greg, l'aimaient, c'était la seule chose qui devrait compter.

« Tu as raison. » Je me relevai, chaque fibre de mon être serrées comme un poing. « Il est plus que temps que je me défende. Merci, Greg.

— Y a pas de quoi. » Il m'accompagna jusqu'à la porte. « Les amis sont là pour ça. C'est pas parce qu'on sort pas ensemble que je ne serai pas là pour toi. »

Mon ventre se réchauffa, et un sentiment réconfortant m'envahit. Puis je vis l'heure qu'il était. « Tu travailles ce soir. Pourquoi n'es-tu pas en train de dormir ?

— C'est important pour toi. » Il glissa ses mains dans ses poches, une fossette se formant sur sa joue. « Ne t'inquiète pas, je ferai une sieste plus tard.

— Merci. » Je le regardai, espérant qu'il savait ce que je voulais dire avec ce tout petit mot. Même si j'avais foiré cette séance photo, il avait encore foi dans mes capacités artistiques. Il avait encore foi en *moi*.

Heureusement que Jenna me donnait une seconde chance avec cet article. Maintenant, je devais l'impressionner plus que jamais – tout en étant honnête avec moi-même.

Ma mère frappa à la porte d'entrée à six heures pétantes le mardi soir, exactement à l'heure où je l'avais invitée. J'ouvris la porte, qui n'était pas fermée. Je poussai un soupir. Peu importait combien de fois j'avais demandé à ma sœur de penser à la sécurité, elle refusait encore et toujours de m'écouter.

« Qu'est-ce qu'il se passe ? » Maman arpenta la maison

et enleva son blazer blanc. « Tu as dit que c'était important. Tu as trouvé un nouveau travail ?

— Non. » Je fermai la porte d'entrée, puis fit un geste vers le canapé où Mary Ann était déjà assise avec ses pieds posés nonchalamment sur la table basse. « Merci à vous deux d'être venues. »

Mary Ann soupira. « Je comprends pas pourquoi je dois absolument être là.

— Tu vas comprendre. » Je la regardai, et la vis s'arracher une petite peau. « Tu peux pas attendre et faire ça dans la salle de bain ? C'est vraiment dégueu. »

Maman nous observa. « Qu'est-ce qu'il se passe, Ginger ? Tu vas me faire avoir une crise cardiaque. »

Aux mots « crise cardiaque », l'air quitta mes poumons et je repensai à la photo du bureau de Greg, celle de son père et lui. Je pouvais encore voir la douleur traverser son visage alors qu'il m'avait raconté comment son père était mort. Et moi qui pensais qu'il avait eu une enfance parfaite. J'avais tort.

Je fis les cent pas sur le tapis, mon estomac en proie à la nausée alors que je me battais contre mon instinct qui m'intimait de me taire. J'adorais ma mère et ma sœur, j'avais besoin d'avouer comment je me sentais réellement, mais je détestais l'idée de les ennuyer. Même si ce n'était pas logique, une partie de moi voulait que les choses restent telles quelles, et ne pas risquer de les blesser. Ne pas risquer de les pousser à bout, comme l'avait fait mon père.

Je m'arrêtai et respirai profondément. « J'ai quelque chose à vous dire à toutes les deux.

— Nous sommes toutes ouïes. » Mary Ann dirigea son regard sur moi. « Mais fais ça vite s'il te plaît. J'ai un rendez-vous avec un mec que j'ai rencontré à la salle de sport ce soir. »

Je penchai la tête. « Qu'est-ce qui est arrivé à Liam ?

— Rien. » Elle ajusta ses pieds sur la table basse. « Il est sympa, mais tu me connais.

— Oui, je te connais. » Ma gorge se resserra. « Et on va résoudre ce problème-là, tant qu'on y est.

— Ginger, qu'est-ce que c'est que ce ton ? » Maman se redressa. « Qu'est-ce qu'il t'arrive ? »

Je pivotai, et lui fis face. « En gros, tu as brisé mes rêves.

— Et comment je m'y suis prise ? » Le beau visage de Mary Ann se transforma en moue.

« Pas toi. » Je hochai la tête vers ma mère. « Ce commentaire était adressé à maman. J'ai foiré mon projet de décoration aujourd'hui, et presque perdu un immense tremplin pour mon entreprise. Heureusement, la journaliste va me donner une seconde chance. »

Elle fronça les sourcils. « Et en quoi c'est ma responsabilité ? Je t'ai dit d'envoyer tes CVs et de te diversifier.

— Exactement. » Je posai mes mains sur mes hanches, adoptant une pose qui me rappela Mary Ann. « Après que je t'aie raconté à quel point je n'avais pas envie de travailler dans un bureau. Pourquoi m'as-tu encouragée à postuler pour un autre travail qui me rendrait malheureuse ? »

Elle leva les bras, l'air éreintée. « Ça s'appelle un travail et pas un divertissement, et ce n'est pas pour rien. »

Je me laissai tomber sur le canapé à côté d'elle, mes genoux rebondissant. « Mais je t'ai dit que je voulais commencer ma propre entreprise de décoration. Je t'ai montré la peinture sur laquelle je travaillais, et j'étais excitée à ce sujet. Tu m'as fait douter de moi-même. Alors, j'ai pris ton avis pour argent comptant et décoré une pièce de manière très neutre et prudente.

— Et alors ? » Mary Ann fit des cercles avec ses mains. « Ne nous laisse pas en suspens, comme ça. »

Je levai mes bras en l'air. « Jenna a détesté.

— Ouais. » Mary Ann hocha la tête. « Le neutre, ça a l'air plutôt cucul. »

En secouant la tête, je me retournai vers ma mère, les yeux humides. « Pourquoi est-ce que tu ne m'écoutes jamais quand je te dis que je veux faire quelque chose ? Peut-être que travailler dans l'art n'est pas ce que tu considères comme le meilleur des choix, mais c'est ce qui me rend heureuse. J'ai besoin que tu soutiennes mes rêves. Je le mérite.

— Je ne t'ai jamais entendu me parler comme ça. Je... » Ma mère marqua une pause, me fixant comme si elle n'arrivait pas à en croire ses oreilles. Puis son front se rida, ses yeux s'élargirent, et elle acquiesça de manière laconique. « Tu as raison. »

Mary Ann demanda : « Tu peux répéter ? » alors que je questionnai : « Vraiment ? »

Elle hocha la tête. « Je suis toujours si prudente. J'ai envie que vous ayez toutes les deux la vie stable que je n'ai pas pu vous donner. Je n'ai jamais pris de risques. Je ne me mêle jamais de l'alcoolisme de votre père. »

Je me mordis la lèvre. « Pourquoi pas ? »

Elle sécha les coins de ses yeux. « J'ai peur de ce qui arriverait, j'imagine.

— Peu importe ce qui arrive, dis-je en pensant à Greg. Le soleil se lèvera quand même le lendemain matin. »

Mary Ann se précipita pour être à côté de nous. « Tu

devrais en parler à papa si tu n'es pas heureuse, maman. Tu ne peux pas te contenter de fuir les problèmes. »

Maman prit une respiration profonde. « Vous avez tout à fait raison. Je vais lui en parler. Pour de bon.

— Très bien. » Je gloussai, puis me retournai vers Mary Ann. « Et on en vient à toi. J'ai besoin de ton aide. »

Elle plissa le nez. « Pas de peinture, s'il te plaît. J'ai un rendez-vous ce soir, tu te rappelles ?

— Annule-le, s'il te plaît. » Mon ton était ferme. « Je t'ai soutenue pendant des années et j'ai vraiment besoin de ton aide, cette semaine. Après que tu m'aies aidée, on va prendre un moment toutes les deux pour te trouver un autre endroit où vivre.

— Quoi ? Pourquoi ? »

Je lui souris. « Parce que je veux qu'on soit proches, et ça ne va jamais arriver si on continue à vivre ensemble. On est trop différentes, et pour une raison ou une autre, tu crois que tu peux ne pas payer le loyer...

— Je n'ai raté que le mois dernier. » Elle ouvrit grand la bouche, et leva un doigt. « Et, bien, peut-être le mois d'avant, aussi. Euh, attends...

— Ne t'inquiète pas, j'ai un relevé bancaire, et tu vas me rembourser. Tout ce que tu me dois, la loucheuse. » Je ris presque en voyant l'adorable moue qu'elle faisait, mais elle n'échapperait pas à ses responsabilités, cette fois. « Et oublie le mec du gymnase, pour le moment, et fonce avec Liam. Il a vraiment l'air sympa. Arrête d'utiliser ta règle du rendez-vous unique pour te protéger, et amuse-toi un peu. Tu as un troisième rendez-vous, et alors ? Apprendre à connaître un mec, ça peut être une bonne chose. »

Des yeux amande apparurent dans ma tête, dansant, et

remplissant un trou dans mon cœur dont je ne connaissais même pas l'existence.

Mary Ann tapota sa joue du doigt. « Liam est terriblement mignon avec ce bouc...

— C'est tout ? » Maman avait l'air de retenir son souffle.

« Non. » Je souris, en secouant la tête. « Je dois aussi vous dire que... Je vous aime toutes les deux. Très fort.

— Oh. » Maman glissa ses bras autour de nous. « Je peux supporter ça. Et je vous aime toutes les deux, moi aussi. »

Mary Ann nous serra toutes les deux dans ses bras, puis me regarda. « Bon, jusqu'à quand tu vas me faire travailler ? »

En repensant au petit coin qu'elle avait peint la semaine dernière à un rythme d'escargot, je répondis : « Ça va te sembler une éternité. »

Puis je ris. Ma famille n'était peut-être pas parfaite, mais c'était la mienne.

CHAPITRE HUIT

Mary Ann n'était peut-être pas satisfaite des corvées que je lui avais confiées, mais elle me soutint pendant toute la semaine. Je lui faisais surtout retourner des articles, des objets visant un public plus large, que je n'utiliserais plus. Si un client voulait un décor neutre, il serait bien mal avisé d'embaucher le Projet rencontre par Ginger Nielsen.

Ma muse m'échappait encore. La peinture colorée que j'avais commencée pour le salon de Greg était contre mon chevalet, et n'avançait pas. J'allais courir le lundi, le mardi et le mercredi, mais n'en ressortais plus avec la même sensation de plénitude. Je ne pouvais pas m'éclaircir les idées. Les images de Greg envahissaient mon esprit, comme si les petites failles qu'il avait causées dans mon bouclier protecteur étaient à présent grandes ouvertes.

Tout cela n'avait aucun sens. Je devais me concentrer pour m'épanouir dans le travail de mes rêves. Je devais impressionner Jenna avec ce projet de décoration pour que le plan de ma vie se mette en place. Même si ce plan de vie ne pouvait pas inclure Greg.

Le jeudi soir, j'avais acheté tout ce dont j'avais besoin pour terminer le projet de décoration, et les achats étaient tous empilés dans le salon de Greg. Maintenant, venait la partie amusante – ranger les nouveaux objets à leur place. Mary Ann avait un troisième rendez-vous avec Liam, alors je ferai cavalier seul ce soir. J'avais rencontré Liam en personne quand il l'avait récupérée, et il semblait adorer Mary Ann. J'étais fière que ma petite sœur brise ses règles et donne une chance à un mec. C'était un grand pas pour elle.

Je grimpai à l'étage pour décorer, mis la clé dans la serrure, et fus surprise quand la porte s'ouvrit grand. Je fixai Greg, en clignant des yeux. « S-Salut.

— Salut, toi-même. » Son sourire était amical, comme toujours, mais l'étincelle dans ses yeux n'était plus là. Je ressentis son absence comme un couteau dans ma poitrine, mais tentai de faire comme si de rien n'était.

Je vérifiai ma montre. « Je pensais que tu serais déjà au travail. »

Il s'appuya contre le chambranle. « Mary Ann m'a dit qu'elle avait un rendez-vous galant ce soir. Ce qui fait de moi ton seul assistant. Par où dois-je commencer ?

— Mais, de quoi tu parles ? » J'entrai, enlevai mes chaussures d'un coup de pied, puis croisai les bras. « C'est jeudi. Tu travailles ce soir. »

Il ferma la porte, puis se retourna pour me faire face. « Ce soir, tu dois tout ranger pour que le projet soit terminé demain. Je sais à quel point c'est important pour toi, alors il n'est pas question que je t'abandonne. »

Mon père avait raté un nombre incalculable d'événements qui étaient importants pour moi alors que je grandissais. Les urgences passaient toujours en premier. À chaque fois. « C-comment as-tu fait pour avoir ta soirée de libre ?

— J'ai échangé ma garde avec une autre personne. » Il haussa les épaules. « Il s'avère que ma collègue avait besoin d'une autre soirée libre pour la pièce de théâtre de l'école de son fils. » Son regard me transperça. « En bref, je suis là pour toi. Je te l'ai déjà dit l'autre fois, et je le pensais vraiment. »

Ma gorge se serra. « Ce n'est pas à toi de subir quelque chose qui est mon problème. On dirait que je profite de ton amitié.

— Tu n'as toujours pas compris. » Ensuite, il s'avança vers moi, et fit quelque chose qu'il n'avait pas fait depuis que j'avais tout arrêté avec lui – il me toucha. Il se contenta d'effleurer mon épaule brièvement, mais les éclairs qui me traversèrent furent inarrêtables. Ses yeux fixèrent les miens. « Tu n'as pas à tout faire tout seule. »

Ses mots provoquèrent une tempête en moi, me secouant au plus profond de mon âme. Il avait mis à terre tant et tant de mes convictions. Que le stress d'un médecin urgentiste était trop dur à gérer pour une seule personne. Que le travail exigeant ne laissait pas de temps pour une famille – ou pour une voisine du bas complètement désorientée, comme c'était le cas ici – et qu'il y avait peut-être un homme dans ce monde qui serait là pour moi, qui croirait en moi...

« Merci beaucoup. » Je m'étouffai avec ces mots. En partie parce que j'étais touchée, mais aussi parce qu'une vague de tristesse m'envahit. Même si Greg était là pour moi, il n'était pas à *moi*, et je ne m'étais jamais sentie aussi seule.

* * *

Le projet de l'appartement était terminé, sauf la peinture du salon qui était posée sur mon chevalet, se moquant de moi. J'avais pris mon pinceau en main des centaines de fois, incapable de peindre ne serait-ce qu'un trait, parce que chaque idée m'avait l'air d'être une *mauvaise* idée. La pression montait en moi. Si je ne terminais pas cette peinture, je devrais utiliser le paysage campagnard accroché dans le salon. Il était très beau – dans son genre – mais en aucun cas il n'épousait la personnalité de mon client ou même un design à la Ginger Nielsen.

Enfin, quand mon dos fut douloureux à force d'avoir passé tant de temps à regarder mon travail inachevé les jambes croisées, je m'abandonnai à la fatigue et me glissai dans mon lit. C'était le milieu de la nuit mais, avec Greg chez lui, je n'avais pas à m'inquiéter pour Le Capitaine tout seul dans sa caisse. Au lieu de ça, tout ce à quoi je pouvais penser était son propriétaire.

Greg m'avait dit qu'il adorait les pièces finales du projet, mais je savais dans mon cœur que quelque chose manquait – la peinture du salon qui m'échappait. Mes yeux étaient lourds, je me tournais et me retournais, mais le sommeil refusait de venir. Puis, je finis par me hisser hors de mon lit.

Regardant l'horloge, je notai qu'il était tôt alors que j'enfilai un short de jogging, puis un t-shirt de running. J'attachai mes longs cheveux en queue de cheval, glissai en dehors de la porte d'entrée dans la matinée sombre, et commençai à courir.

Mes pieds martelaient la chaussée. J'avais été incapable de me laisser aller à la course toute la semaine, alors cette fois-ci, je n'essayai même pas. Alors que mes bras se balançaient en rythme avec mes jambes, ma respiration emboîta le pas mais, même après plusieurs kilomètres, aucun sentiment d'euphorie ne m'accueillit.

Des larmes brûlèrent mes yeux, mais je courus plus vite, et sprintai plus longtemps que jamais auparavant. Toutes mes erreurs m'avaient finalement rattrapée, épousant chaque cellule de mon être, jusqu'à ce que toutes les formes de paix furent hors de ma portée, tout comme ma muse. Peut-être que j'avais vraiment tout foiré. Peut-être que j'avais tort de ne pas vouloir d'enfants, comme Greg l'avait suggéré. Je ne savais même pas ce que je pensais ou ressentais, à présent. Je voulais juste courir, m'échapper, tout laisser derrière moi.

Et puis, soudain, c'est arrivé. De la lumière apparut dans la noirceur, étirant ses doigts jaunes à travers le ciel, transformant mes pensées instantanément. La tempête dans ma tête recula progressivement et la grosse boule jaune vif me calma, me soigna, et me parla – jusqu'à ce qu'une seule image ne reste dans mon esprit. Greg. Et il me souriait, ses yeux amande éclatant, remplis d'amour et de l'espoir d'un jour nouveau.

En balançant mes jambes encore plus vite, je courus vers chez moi avec l'envie incontrôlable de finir cette peinture posée sur mon chevalet. Parce que maintenant, je savais ce que ces touches de lumière le long de la toile avaient essayé de me dire, et j'étais enfin prête à les écouter.

* * *

Quand Jenna arriva le vendredi après-midi, l'appartement de Greg était le summum de la perfection. Pas parfait pour attirer le lectorat du *Sacramento Living*, mais il représentait parfaitement une combinaison de mon client et de moi, ce qui était la façon dont j'aurais dû procéder dès le départ.

Maintenant, cela m'importait peu si Jenna aimait ma création, ou si elle décidait de me recommander à ses amies. J'avais mis mon âme dans ce projet, et façonné quelque chose que j'adorais. Maintenant, je croyais en mon talent et en moi-même. Même si je devais trouver un autre travail pour payer les factures, je construirai mon entreprise pas à pas parce que c'était mon rêve, et je ne laisserai plus jamais quelqu'un ou quelque chose se mettre en travers de mon chemin.

Greg était adossé contre le mur et j'étais debout près de lui alors que Jenna revenait de la chambre principale et parcourait le salon du regard. Des coussins aux couleurs vives assortis aux rideaux. Un tapis à motif de treillis étalait ses angles sous la table basse et connectait la pièce avec des teintes coordonnées.

J'avais trouvé une pièce maîtresse en bois qui ajoutait une touche de plein air, et placé un grand ficus dans le coin près de la porte vitrée.

Le nouveau canapé et la causeuse étaient accueillants. Nous avions installé la télévision sur le mur du coin, ce qui rendait le grand écran noir toujours utilisable mais moins visible. Et ce qui réunissait tout la pièce était, bien sûr, la grande peinture du lever du soleil encadrée sur le mur principal.

« Sensationnel. » Jenna prenait des photos successivement alors qu'elle parlait. « Spectaculaire. Exquis. Je crois que je vais avoir besoin d'un dictionnaire de synonymes », dit-elle en riant.

Un calme profond m'envahit. Je jetai un œil et trouvai immédiatement des yeux amande me fixant. Son regard était chaud et doux, mais ses yeux ne brillaient toujours pas.

Quand Jenna partit, elle faisait l'éloge de mon projet et m'assurait à quel point elle était persuadée que mon entreprise serait le prochain grand succès de Sacramento, je me retournai vers Greg et compris que c'était la fin. Je n'avais plus de raison de venir. Je n'avais pas à monter chez lui pour décorer. Nous n'avions pas besoin de nous voir du tout.

« Je dirais que Jenna est une grande fan. » Il se baissa et ramassa Le Capitaine, qui se frottait contre sa cheville. Le regard de Greg plongea dans le mien. « Comment tu te sens ? »

Sans lui ? Triste. Vide. Seule...

Je fis un immense effort pour lui faire un sourire, en espérant que ce dernier semblerait plus sincère que je ne l'étais. « Je suis excitée à propos de l'article. Ce sera une publicité fantastique pour les Bâtisseurs d'amitiés, et pour ma nouvelle entreprise. J'espère que l'argent que tu as mis aux enchères valait le coup.

— Au-delà de ça. » Son regard se dirigea vers la toile, et ses yeux s'assombrirent. « Cette peinture n'a pas de prix. Je suis médusé par les couleurs vives, les coups de pinceau, absolument tout. C'est tout à fait toi.

— Non, c'est *toi* », dis-je fermement en secouant la tête.

« Peu importe ce qu'il se passe, tu es debout à l'aube, prêt à accepter le défi d'un jour nouveau. Tu rends la vie meilleure. Moi, je cours au coucher du soleil, en gardant toutes mes émotions à l'intérieur, et j'attends juste que la journée se termine. »

Son regard se durcit. « C'est comme ça que tu te vois ? »

Une pierre se forma dans ma gorge, et je levai les épaules devant l'affreuse vérité. « Tu es courageux. Je suis une lâche.

— Tu as tort. » Il grogna, sa mâchoire se contractant, et ses yeux lançaient des flammes. « Tu as offert tes services de décoratrice à l'enchère de ton amie, même si exposer ton art te faisait peur à mourir. Ta sœur est une femme adulte, mais tu t'occupes du fardeau de ses factures pour qu'elle n'ait pas à s'inquiéter à ce sujet. Tu as choisi le métier que tes parents t'ont poussé à choisir, en tournant le dos à ta passion, pour essayer de les rendre heureux. »

Alors qu'il fit une pause pour respirer, le caillou dans ma gorge se transforma en roche. La chaleur derrière mes yeux était brûlante, menaçant même de déborder...

« Tu n'es *pas* une lâche. Loin de là. » Il s'avança vers moi, ses traits étaient plus intenses, et ses mots définitifs. « Tu es le rayon de soleil de la vie de tout le monde, et tu ne peux pas même pas le voir. Tu donnes aux autres toute la journée, et tu t'empêches de faire ce que tu veux jusqu'à tard dans la soirée quand tu te permets enfin d'aller courir pendant une heure. Tu es la personne la plus forte que j'ai jamais rencontrée. »

Je secouai la tête, des larmes chaudes coulant le long de mes joues. « Non, je ne le suis pas.

— Si, tu l'es. » Ses yeux se firent d'acier, inébranlables. « Tu ne l'as juste pas encore réalisé. »

Chaque cellule de mon corps voulait se lover dans ses bras. J'avais bataillé tellement fort pour empêcher Greg de faire son chemin dans mon âme, mais d'une manière ou d'une autre, il s'était faufilé à l'intérieur malgré tout. Mais une femme forte ne laisserait pas cet homme incroyable abandonner ses rêves de famille. Je ne pouvais laisser cela arriver. Je ne le ferais *pas*.

« Il faut que j'y aille. » J'essuyai mes joues et avalai le bloc dans ma gorge. « Merci encore de m'avoir laissé décorer ta maison, pour m'avoir aidée, pour tout ce que tu as fait. »

Puis je me glissai en-dehors de chez lui, laissant mon cœur derrière moi.

« Passe-moi le papier toilette. » Kristen tendit sa main, et y reçut un gros rouleau blanc. Elle en déroula la fin, puis enroula le papier autour de ma taille et entre mes jambes, me faisant une couche. « Souris comme un bébé qui a des gaz, Ginger. On est filmées, et on est là pour gagner. »

Élargissant ma posture alors que Kristen passait le papier toilette, je fis une grimace en regardant la caméra que Rach tenait devant moi. « Super, ta *baby shower*, Ellen, mais je ne suis pas sûre de vouloir que ce moment soit immortalisé pour toujours. Peut-être que Rach peut aller filmer Gina, puisqu'elle a gagné le jeu des couches pleines de faux caca en trouvant le nom de toutes les barres chocolatées. »

La bouche de Rach se fendit en un sourire. « Grâce à sa gourmandise, elle a gagné une carte cadeau pour une cafétéria pendant un jeu de *baby shower*.

— Cette *shower* est parfaite, Rach. Tu t'es inquiétée pour rien pendant tout ce temps. » Je tournai ma tête en direction de Kaitlin, qui mettait une fausse couche à la grand-mère du mari d'Ellen avec beaucoup trop d'enthousiasme. Même si nous étions plus jeunes, nous étions sûres de perdre, surtout à cause de Kristen qui gémissait à chaque fois qu'elle se penchait. Je désignai du doigt la femme âgée et sa couche en papier. « Allez, va filmer une équipe qui a une chance de gagner.

— Mais tu es tellement mignonne, bébé Ginger. » Rachel pouffa de rire, puis partit avec sa caméra. Enfin.

« Il vaut mieux que personne n'essaie de me faire roter après ça. » Je regardai le désordre que Kristen était en train de faire, comptant les secondes à rebours jusqu'à ce que la minuterie se déclenche. Je vis son visage tourner au vert alors qu'elle se pliait de nouveau, et je lui attrapai le bras. « Abandonne, ma chérie. On dirait que tu vas être malade.

— Non, non, ne prononce pas le mot en "m". » Kristen couvrit sa bouche avec sa main, puis s'éventa le visage. « Je vais bien. »

Je haussai les sourcils en voyant Kristen respirer profondément, et faire un mouvement pour continuer à me mettre la couche. J'attrapai sa main pleine de papier. « Laisse tomber, ma fille. C'est juste un jeu, et ça vaut pas la peine de s'évanouir alors qu'on est de toute évidence à la dernière place.

— Tu as raison. » Elle fourra ce qu'il restait de papier toilette dans la ceinture de ma pitoyable couche. Avec le peu de compétences qu'elle avait en couches, Kristen aurait vraiment besoin d'embaucher une baby-sitter. Puis elle ferma les yeux, se toucha le ventre, et son visage se déforma, comme si une vague de nausée la submergeait. Euh, attendez une seconde...

En voyant sa main caresser son ventre, je compris soudain. « Tu es enceinte ? »

Ses yeux sortirent de leurs orbites, et elle posa son index sur ses lèvres. « Chuuut », arriva-t-elle à prononcer, puis elle prit une chaise pour se stabiliser. « De quatre semaines. Mais je ne le dirai à personne avant douze semaines, alors ça reste entre nous. Et Ethan, bien sûr.

— Oh, wow. » Mon visage se fendit d'un sourire, et je tapai des mains. « Félicitations. C'est tellement excitant. »

Une sonnerie retentit dans la pièce, puis on m'appela pour les photos, et cinq d'entre nous, les beautés en couches, dirent « Cheese » pour le photographe que Rach avait embauché.

L'appartement de Rach avait été transformé en une mer de ballons bleu et blanc, de papier crépon, de nappes – ça marchait bien. Pour une femme qui avait passé les deux dernières semaines sous pression, elle avait vraiment organisé une superbe *baby shower*.

Après un autre jeu de *baby shower* impliquant des cordes bleues mesurant le ventre protubérant d'Ellen, j'eus enfin un moment en tête à tête avec la future maman. Elle attrapa un bout de *carrot cake* au glaçage à la crème, puis mordit dans le volant bleu d'un landau en glaçage.

Elle baissa la lèvre inférieure. « J'étais navrée d'entendre qu'on t'a remerciée.

— Ouais, c'était pas vraiment un super moment. » J'enfonçai ma fourchette dans le gâteau humide, puis en enfournai un morceau dans ma bouche. « À vrai dire, je lance ma propre entreprise de décoration. J'ai eu mon premier client grâce aux enchères de Jill.

— Les goûts de décoratrice de Ginger sont vraiment top. » Kristen se laissa tomber sur le canapé à côté de nous. « Je vais l'embaucher pour décorer ma pépinière avant l'arrivée du bébé. » Les yeux de Kristen sortirent de leurs orbites alors qu'elle sembla réaliser ce qu'elle venait de dire.

Ellen couina. « Tu es enceinte ?

— Chuuuut. » Kristen secoua la main, puis il sembla que la nausée l'attaquait de nouveau. « On ne l'a dit à personne pour le moment. Même si on dirait que j'ai du mal à garder cette information secrète, aujourd'hui.

— C'est tellement excitant. » Le sourire d'Ellen irradia vers Kristen, puis elle se tourna vers moi. « J'ai entendu dire que Kaitlin t'a arrangé le coup avec un mec super à l'enchère de Jill. Peut-être que c'est toi la prochaine. »

À ces mots, une vague de douleur me submergea. Mon regard tomba sur son ventre, et je réalisai que je ne serai jamais à sa place. J'avalai le nœud bloqué dans ma gorge. « À vrai dire, je n'ai eu qu'un seul rendez-vous avec Trenton. Kaitlin pensait qu'on irait bien ensemble, mais je ne le sentais pas. »

Ellen frotta son gros bedon. « Et bien, tu le saurais si c'était ce qu'il te fallait. Crois-moi. La première fois que j'ai vu Henry, ça a été comme si j'avais été frappée par la foudre. C'est encore comme ça des fois. Bon, pas quand il laisse ses chaussettes sales en boule sur le sol du salon, bien sûr. »

Kristen rit. « Ethan est irréprochable, j'ai de la chance. Tous nos vêtements sales vont dans le panier. »

J'avais envie de raconter que Greg avait décoré le sol de sa chambre avec ses vêtements sales, jetés par terre, puis les y avait laissés pendant une éternité. À plusieurs reprises, j'en avais ramassé et mis dans le panier moi-même. Mais je ne pouvais pas leur raconter cela, bien sûr.

« Ah, voilà, il est réveillé. » Ellen frotta son ventre. « À chaque fois que je m'assois pour me détendre, c'est l'heure des pirouettes. Je vais peut-être devoir inscrire ce petit mec à la gymnastique.

— Oh ! » Le visage de Kristen s'illumina. « Je peux toucher ? »

En me mordant la lèvre, je regardai Ellen presser la main de Kristen contre son ventre, fascinée. Kristen était normalement si réservée, et cela me réchauffa le cœur de la voir si émue. « C'est tellement incroyable. Cette petite vie en toi », murmura Kristen.

« Et toi, » Ellen sourit, puis se retourna vers moi. « Tu veux sentir ?

— Bien sûr. » J'hésitai, puis la laissai guider ma main sur le côté gauche de son ventre, où elle tint ma paume immobile contre son chemisier en soie. J'attendis, étudiant les minuscules fleurs de rose sur son chemisier, mais rien ne vint. C'était comme s'il sentait que je ne voulais pas d'enfants et refusait de bouger pour moi. Juste quand j'étais à deux doigts de retirer ma main, une minuscule force frappa ma paume. Mes yeux s'agrandirent de surprise. Puis il cogna de nouveau. Bouleversée que j'étais, ma vision devint floue, sachant bien que je ne sentirais jamais cela. Je retirai rapidement ma main. « C'est adorable

», dis-je à Ellen, puis inventai une excuse pour quitter la pièce.

Mes yeux brûlaient alors que je me dépêchais vers la chambre de Rachel, puis fermai la porte derrière moi. Je me tenais la tête quand la porte s'ouvrit.

Kristen se glissa dans la pièce. « Qu'est-ce qu'il se passe ? »

Des larmes roulèrent le long de mes joues. « Ellen s'en est rendu compte ? Je ne veux pas gâcher sa *shower*. »

Elle secoua la tête. « Non, Rach est en train de lui faire ouvrir ses cadeaux. Elle va bien. Qu'est-ce qu'il se passe ?

— J'ai fait une énorme erreur. » Je pressai mes mains contre mes yeux, puis me laissai tomber sur le lit de Rachel. « Je suis amoureuse de mon voisin. Mais c'est sans espoir. »

En prononçant ces mots, j'imaginais immédiatement une vie avec Greg. Nous deux, courant au coucher du soleil avant qu'il ne parte travailler de nuit. Moi, dans la maison calme, la nuit, peignant des toiles aux couleurs vives pour mes clients. Une fille dans l'arrière-cour, faisant osciller un cerceau contre ses hanches. Un garçon aux yeux amande brillants jouant à la marelle à côté d'elle, et au large sourire auquel il manquait des dents. Je pouvais voir des rires, de l'amour et une famille. Greg avait eu raison, et j'avais tout foiré.

Kristen me regarda bizarrement. « Pourquoi est-ce que c'est sans espoir ? Il est marié, ton voisin ?

— Non. » Je soupirai, fixant le plafond.

Elle s'assit à côté de moi. « C'est un homme âgé ?

— Bien sûr que non », je reniflai, essuyant mes larmes du dos de la main. « Il est adorable, et compréhensif et il embrasse *incroyablement* bien. » Ne me demandez pas pourquoi je ressentais le besoin d'ajouter cette dernière partie. « Mais il veut une grande famille et je pensais ne pas vouloir d'enfants, mais maintenant...

— Tu te rends compte que tu avais juste peur. » Elle sourit. « Vu que tu mentionnes cette histoire de baiser, peut-être qu'il est aussi amoureux de toi. Pourquoi est-ce que tu ne lui avoues pas ce que tu ressens ?

Je déglutis. « Il m'a dit que je ne pouvais pas le repousser indéfiniment. Et s'il ne veut plus être avec moi ? »

Kristen posa une main sur mon bras. « Il n'y a qu'une seule manière de le savoir. »

* * *

Cette nuit-là, complètement terrifiée, je grimpai les escaliers pour monter chez Greg. Cette fois, je n'allais pas en haut pour décorer. J'allais tenter ma chance – s'il acceptait mes excuses. Sinon, j'allais dans l'appartement du haut pour me faire briser le cœur en mille morceaux. Pas une super option.

En retenant mon souffle, je frappai à la porte.

J'entendis un bruissement à l'intérieur, puis un instant plus tard, la porte s'ouvrit. Greg portait un short noir, un t-shirt, et ses cheveux bruns étaient ébouriffés. Il haussa les sourcils, comme s'il était choqué de me voir. Je ne savais pas si je devais décrypter cela comme un mauvais signe, mais ça n'était de toute évidence pas très bon pour moi.

Je pressai la poignée du sac que je tenais, me préparant. « Salut.

— Salut, toi-même. » Il regarda le sac en papier marron avec un regard curieux. « Tu as oublié quelque chose ? »

Mon cœur se serra. En définitive, ce n'était pas bon signe. Mais il avait dit que je n'étais pas une lâche, alors maintenant il fallait que je me le prouve. « Il faut que je te parle. Je peux entrer ? »

Il regarda derrière lui, comme s'il avait un invité, puis il se retourna vers moi. « C'est toi la patronne. »

D'accord, en fait, ça avait plutôt l'air d'être un bon signe. Un point pour moi. Mais même si j'avais essayé de compter les points, je n'étais pas sûre du score. En posant le sac, je décidai de m'ouvrir, tout simplement, et de dire ce que j'avais sur le cœur. Mais aucun mot ne franchit mes lèvres.

Je le regardai fermer la porte, puis inspirai profondément. « Tu as dit que j'avais tort quand j'ai dit ne pas vouloir fonder une famille, et je ne t'ai pas cru. Mais je suis allée à une *baby shower* aujourd'hui, et la seule chose à laquelle je pouvais penser, c'était le futur. Pour la première fois de ma vie, je pouvais me voir avoir des enfants, construire une famille. »

Il se tint immobile, son corps très rigide. « Qu'est-ce qui a changé ?

— Je t'ai rencontré. » Je m'avançai vers lui et il ne se recula pas, alors je continuai. « J'ai vu à quel point mon amie était heureuse de fonder une famille avec l'homme qu'elle aime. Et pour la première fois de ma vie, j'ai eu envie de ça, moi aussi. » Je me mordis la lèvre inférieure. « Alors, je veux sortir avec toi. »

Ses lèvres se contractèrent. « Tu me demandes de sortir avec toi ? »

En retenant mon souffle, je hochai la tête. « Oui.

— Je sais pas. » Il s'avança, sa bouche se relevant en un

sourire. « Tu m'as beaucoup rejeté. Mon égo est assez fragile. Comment je peux savoir que tu ne t'enfuiras pas de nouveau ?

— Le sac », lâchai-je, me souvenant que j'avais amené une preuve de mon engagement. En m'agenouillant, j'attrapai le sac marron, et en sortit une boîte en carton avec des trous sur le haut. « Ça prouve que j'ai changé, que je peux laisser entrer quelque chose, et *quelqu'un* dans ma vie.

— Maintenant, je suis curieux. » Il s'assit à côté de moi sur le tapis, ses yeux pétillaient alors que son bras effleurait le mien. « Montre-moi. »

Miaou, miaou ! J'ouvris la boite et en sortis le chaton blanc que j'avais trouvé au refuge animalier. « Greg, j'aimerais te présenter Le Professeur.

— Le Capitaine et Le Professeur ? » Ses yeux s'écarquillèrent. « Euh... »

D'accord, pas la réponse à laquelle je m'attendais. Je soulevais le doux chaton, qui frotta son nez contre ma paume. « Ne t'inquiète pas, c'est le mien. Je l'ai adopté comme compagnon de jeu pour Le Capitaine. Tu ne l'aimes pas ?

— C'est pas que... »

Miaou, miaou ! Comme s'il avait compris que nous parlions de lui, Le Capitaine entra en se dandinant, regardant son nouvel ami d'un œil suspect. Puis, je clignai des yeux, me disant que je devais imaginer des choses, parce qu'un chaton orange trottait derrière Le Capitaine. *Miaou !*

« On dirait bien qu'on a eu la même idée. » Greg souleva le chaton orange et le lâcha sur mes genoux. « J'aimerais te présenter Gilligan. Je l'ai adopté pour toi.

— Vraiment ? Il est adorable. » Mon estomac palpita

alors que le chaton jouait avec sa patte contre mon pied. Si Greg avait appelé le chaton du nom du personnage principal de *L'Île aux naufragés,* ça voulait bien dire qu'il n'en avait pas fini avec moi. Je me mordis la lèvre, en ayant besoin d'être sûre. « Il faut que je te dise autre chose. »

Ses yeux plongèrent dans les miens. « Tu peux tout me dire. »

Je respirai profondément. « Tu te rappelles quand tu m'as dit que je choisissais une maison et en faisais un foyer, en le remplissant de couleur et de vie ? »

Il plaça une mèche de cheveux derrière mon oreille, et hocha la tête. « Je m'en rappelle.

— Eh bien... C'est ce que tu fais pour moi. » J'effleurai sa joue de mes doigts comme il me l'avait fait tant de fois. « Quand je suis avec toi, j'ai l'impression d'être à la maison.

— Oui, je veux sortir avec toi. » Il attrapa mon visage entre ses mains. « Rayon de soleil, tu vois enfin les choses avec clarté. »

Puis il m'embrassa.

ÉPILOGUE

Deux semaines plus tard...

Après avoir passé l'après- midi à faire du shopping avec mon nouveau client, qui m'avait été envoyé par Jenna McCoy, j'arrivai chez moi pour trouver ma porte fermée à clé. Alors que j'utilisais ma clé et faisais glisser le verrou, je souris. Ma nouvelle colocataire, Melinda Morgan, trouvait elle aussi – apparemment – la sécurité importante. Ça avait tout l'air du début d'une ère nouvelle.

Je ne connaissais pas bien Melinda, mais nous avions toutes les deux été virées de Woodward Systems Corporation, alors j'imaginais que nous pourrions nouer un lien avec comme base notre rejet en commun. Elle avait maintenant un travail temporaire, et ne rentrait d'habitude pas à la maison avant tard. Jusqu'à maintenant, elle était discrète, et me donnait l'espace dont j'avais besoin pour pouvoir travailler tranquillement, attablée à mon bureau dans ma chambre.

Mary Ann avait emménagé avec son amie, et vivait à quelques minutes de chez moi. Elle était déjà passée deux fois pour piller mon frigo. Heureusement que je l'aimais.

Quelques secondes après que j'ai fermé la porte d'entrée derrière moi, il y eut un *toc-toc-toc*.

Je vérifiai le judas et vit des yeux amande me fixer. J'ouvris la porte. « Tu m'espionnes, voisin ?

— Aussi souvent que je peux. » Greg effleura mes lèvres avec les siennes, puis entra, agitant le magazine qu'il tenait. « *Sacramento Living*, il vient à peine de sortir. »

Le rythme de mon cœur s'emballa. « Et ?

— On va le découvrir ensemble. » Il ferma la porte, puis s'assit sur le canapé. Il glissa son bras autour de moi alors que je me rapprochai de lui, puis il commença à lire l'article de six pages de Jenna présentant les Bâtisseurs d'amitiés et faisant l'éloge du Projet rencontre par Ginger Nielsen. Et les photos « avant » et « après » sur papier brillant étaient phénoménales. Je criai de joie !

Quand Greg arriva aux dernières lignes de l'article flatteur, il sourit et lut à voix haute. « En plus de la généreuse donation de Ginger, voici ce que son client nous a confié à son propos : " Le talent de Ginger a transformé ma maison, et son cœur a changé ma vie. Travailler avec Ginger, c'est comme ouvrir votre monde à un soleil de possibilités infinies. " »

Mes yeux se firent humides, et ma poitrine se remplit de joie.

« Greg... », commençai-je à dire, mais il n'y avait pas de mots pour exprimer ce que je ressentais. Alors, au lieu d'essayer d'expliquer ce que ces mots signifiaient pour moi, je penchai la tête et pressai ma bouche contre la sienne. « Tu es merveilleux. »

Et il était à moi.

« Rappelle-moi de te faire la lecture plus souvent », blagua-t-il alors qu'il fermait le magazine puis louchai sur le couple en photo de couverture. « C'est pas ton rendez-vous à l'aveugle de l'enchère ?

— Hein ? » Mon regard tomba sur une photo de Trenton Davis, sur le tapis rouge avec Rochelle Richards, la mannequin glamour. Le titre disait " Fiancés ! " Je ne pus m'empêcher de sourire. Trenton avait enfin compris ce qui était le plus important. Tout comme moi. « Je *savais* qu'il était encore amoureux d'elle. »

Il laissa tomber le magazine, puis se retourna vers moi. « Comment s'est passée ta journée au travail ?

— Incroyable. » Je souris, des rideaux colorés dansant dans ma tête. Puis je me souvins de l'appel téléphonique que j'avais reçu. Je pris une respiration profonde. « Ma mère m'a appelé cet après-midi. »

Une ligne se forma entre ses sourcils. « Ne me dis pas qu'elle te parle encore des boulots de bureau ?

— Non. » Je secouai la tête, et ma gorge se serra. « Elle a appelé pour me dire que mon père est entré en cure aujourd'hui. Pas "promis d'y aller", il a vraiment commencé une cure de trente jours. C'est une première pour lui. »

Il repoussa une mèche de cheveux derrière mon oreille. « Et comment tu te sens ? »

Je me mordillai la lèvre, puis regardai la peinture que j'avais fait la dernière fois qu'il m'avait promis d'aller en cure. Les tourbillons blancs semblaient me sourire et l'arc jaune sautait par-dessus le fond bleu saphir. Mais le futur...

Qui sait ? « J'aime mon père. Et je suis là pour lui. Alors, j'ai de l'espoir. »

Les yeux marron de Greg brillaient, et sa bouche forma un sourire. « Je t'aime, rayon de soleil.

— Moi aussi, je t'aime », dis-je, puis l'embrassai avec toute la force de mon cœur et de mon âme.

Et je savais, sans aucun doute, que peu importaient les obstacles que la vie poserait sur mon chemin, le soleil se lèverait le lendemain, avec la promesse d'un jour nouveau.

FIN

UNE RENCONTRE DÉJÀ-VUE

Si vous avez aimé passer du temps
en compagnie de ces personnages,
lisez également l'histoire de Melinda dans :

Une rencontre déjà-vue
(Collection Rencontre à tout prix ! Livre 9)

Cliquez sur le lien suivant et inscrivez-vous à la
Newsletter de Susan Hatler :
SUSANHATLER.COM/NEWSLETTERFR

À PROPOS DE L'AUTEUR

SUSAN HATLER est une auteur à succès citée dans le *New York Times* et *USA TODAY* et qui écrit des romances contemporaines émotionnelles et drôles et des nouvelles pour jeunes adultes. De nombreux livres de Susan ont été traduits en allemand, en espagnol, en italien et en français. Optimiste de nature, elle est convaincue que la vie est merveilleuse, que les gens sont fascinants et que l'imagination est sans fin. Elle adore passer du temps en compagnie de ses personnages et elle espère que ça sera le cas pour vous aussi.

Cliquez sur le lien suivant et inscrivez-vous à la
Newsletter de Susan Hatler :
SUSANHATLER.COM/NEWSLETTERFR

Vous pouvez contacter Susan ici :

Facebook: facebook.com/authorsusanhatler
Instagram: instagram.com/susanhatler
Twitter: twitter.com/susanhatler
Website: susanhatler.com/francais

TITRES PAR SUSAN HATLER

Série Rencontre renouvelée

Rencontre à un million de dollars

La double rencontre désastreuse

La rencontre d'à côté

Rencontre à la rescousse

Rencontre à la mode

Il était une rencontre

Rencontre à destination

Série Rencontre à tout prix !

L'amour à la première rencontre

Rencontre ou vérité

Ma dernière rencontre arrangée

Une rencontre à retenir

Rencontre dans les règles de l'art

Permis de rencontre

Une rencontre intéressée

Le projet rencontre

Une rencontre déjà-vue

Une rencontre et sauve-qui-peut

TITRES PAR SUSAN HATLER

Série Idylle à Christmas Mountain
Le compromis de Noël
C'était le baiser avant Noël
Noël au Sugar Plum Inn

Série Rêves du Montana
Le festival amical
Le dîner exquis
La radieuse boutique
La mémorable montagne
Le mariage chaleureux
La joyeuse randonnée
L'adorable surprise

www.ingramcontent.com/pod-product-compliance
Lightning Source LLC
Chambersburg PA
CBHW051835130726
47987CB00002B/556